Rausgerissen

Heidi Kahle

Rausgerissen

Familie – Studium – Journalistische Tätigkeit
trotz Behinderung

Matthias-Grünewald-Verlag · Mainz

Der Matthias-Grünewald-Verlag ist Mitglied der Verlagsgruppe engagement

Die Deutsche Bibliothek – CIP-Einheitsaufnahme

Kahle, Heidi:
Rausgerissen : Familie – Studium – journalistische Tätigkeit trotz Behinderung / Heidi Kahle. – Mainz : Matthias-Grünewald-Verl., 1996
 ISBN 3-7867-1926-8

© 1996 Matthias-Grünewald-Verlag, Mainz
Das Werk einschließlich aller seiner Teile ist urheberrechtlich geschützt. Jede Verwertung außerhalb der engen Grenzen des Urheberrechtsgesetzes ist ohne Zustimmung des Verlags unzulässig und strafbar. Das gilt insbesondere für Vervielfältigungen, Übersetzungen, Mikroverfilmungen und die Einspeicherung und Verarbeitung in elektronischen Systemen.

Umschlag: Harun Kloppe, Mainz
Satz: Studio für Fotosatz und DTP, Ingelheim
Druck und Bindung: Wagner, Nördlingen

ISBN 3-7867-1926-8

Inhalt

Vorwort 7
Rausgerissen 9
Nachtrag: Meine Eltern 24
Anfang oder Ende 26
Droge Jesuspeople 30
Große Freiheit 32 33
Gründung des eigenen Hausstandes und erster
    Familienstreß 36
Daniela 38
Dani, aus „Verhinderungen", VHS, Herbst 1981 . 45
Nina 48
Sylvia 50
Ein ganz normaler Alltag 67
Mein Studium 75
Es geht aufwärts 80
Vier Monate später 86
Ein neuer Weg? 90

Nachwort zu meiner Autobiographie 94

Vorwort

Dieses Buch stellt den Versuch einer eigenen Psychotherapie dar, den ich durchaus zur Nachahmung weiterempfehlen kann. Der Anfang ist mir sehr schwer gefallen. Später wurde es immer leichter. Wenn die Probleme, die der Mensch nun mal hat, egal welcher Art sie sind, aufgeschrieben werden und vor einem liegen, dann können sie bearbeitet werden, das heißt, sie werden immer und immer wieder gelesen, was an sich schon eine aktive Handlung ist. Durch das ständige Lesen erscheinen die Bilder der Vergangenheit immer wieder und fordern die Auseinandersetzung mit ihr. Wenn sie allerdings so schwerwiegend sind wie zum Beispiel Kindesmißhandlungen mit allem, was dazugehört, dann sollte das Aufschreiben unbedingt von einer Therapie begleitet werden. Allein ist so etwas nicht aufzufangen. Ich habe auch mit meinem Freund eine Partnertherapie begonnen, bei der mir sehr vieles sehr viel klarer geworden ist. Nun kann ich auch wieder mit ihm zusammenleben, ohne das Gefühl zu haben, ständig um irgend etwas kämpfen zu müssen. Unsere Standpunkte haben sich verändert. Ich versuche nicht mehr, ihn zu verändern, und er versucht nicht mehr, mich zu etwas zu überreden, was ich nicht will. So läßt es sich gut leben.

Heidi Kahle

Rausgerissen

Es fing alles damit an, daß ich nicht geboren werden wollte und meinen Geburtstag erfolgreich herauszuzögern wußte. Aber irgendwann schlägt jedem die Stunde, und so wurde ich dann doch auf diese Welt bugsiert. Aus Trotz stellte ich mich scheintod. Ich schrie einfach nicht, sondern übte mich in vornehmer Zurückhaltung. Deshalb erhielt ich gleich zu Beginn meines Lebens eine ordentliche Tracht Prügel. (Damals durfte man die Kinder noch schlagen.) Dagegen mußte ich natürlich mein Veto einlegen. Dieses geschah so kraftvoll, daß mir im Kopf Adern geplatzt sind. Heute nennt man das Hirnbluten. Nun, diese Hirnblutungen wurden mir im Krankenhaus wegpunktiert. Und Punktionen hinterlassen ja bekanntlich Narben, die auch mitwachsen. Bei mir war das jedenfalls so. Daß diese Narben einmal mein gesamtes späteres Leben „negativ" beeinflussen würden, war damals Anno 1952 weder den Ärzten, noch den Schwestern und am allerwenigsten mir selber klar.

Meine Kindheit verlief bis auf meine Linkshändigkeit und Stottern völlig normal. Ich lernte termingerecht Sprechen, Sitzen, Laufen und entwickelte eine handfeste Trotzphase, die eigentlich bis heute andauert. Gut, ich war nicht immer die geschickteste. Wenn meine Freundinnen mühelos auf die Bäume fremder Gärten kletterten, um die leckersten Äpfel zu stiebizen, dann durfte ich unten nur Schmiere stehen. Was habe ich die eine Freundin beneidet, die wie die Jungs durch die Finger oder durch die nach innen gewölbte Zunge pfeifen konnte. Meine besondere Bewunderung galt ihrer Fähigkeit, durch ein winziges Loch zwischen ihren Schneidezähnen zu spucken und das auch noch gezielt. So traf sie ihre Feinde immer mitten ins Gesicht. Was hätte ich drum gegeben, wenn ich das einmal geschafft hätte.

Auch meine Schulzeit verlief bis auf Mathe und Sport, Fächer, die ich nie auf die Reihe bekam, relativ harmlos. Ach ja, die Schule oder besser gesagt, die Schulen. Dreimal mußte ich sie wechseln. Das hieß, dreimal ein neues Schulgebäude, ein neuer Schulweg, neue Schulkameraden, unterschiedlicher Stoff und schließlich und endlich auch neue Lehrer, von denen einige alles andere, als Koryphäen ihrer Berufssparte waren. Darunter litt mein rechnerisches und sportliches Outfit. In diesen Fächern war, bin und bleibe ich eine Niete. In der dritten Klasse faßte ich den Entschluß, unbedingt die Oberschule besuchen zu wollen oder „wenigstens" die Mittelschule. Aber damals wurden noch vierwöchige harte Prüfungen durchgeführt. Da ich halt zum Rechnen zu blöd war, wurde ich also gar nicht erst zur Prüfung zugelassen. Meine Freundin durfte zur Mittelschule gehen. Sie war und ist auch noch heute ein technisches As. Als ich dann aber sah, was sie für Schularbeiten machen mußte, war ich von dem Wunsch, eine höhere Schule zu besuchen, für immer geheilt. Sie saß wirklich den ganzen Nachmittag an ihren blöden Hausaufgaben und wehe, wenn sie sich verschrieb, dann riß ihre Mutter gnadenlos die ganze Seite heraus, und sie durfte alles noch mal schreiben. An Spielen war überhaupt nicht mehr zu denken. Ich hörte sie oft genug heulen, denn wir wohnten Tür an Tür und Wand an Wand.

Wir teilten uns damals den Wunsch nach einem

Geschwisterchen und beschlossen, in der „Richtung mal etwas zu unternehmen". Unser Glaube an den Klapperstorch war zwar schon etwas ausgehöhlt, wir wußten, daß da noch etwas anderes eine Rolle spielte, aber wir taten das, was wir tun konnten und das war, die richtige Menge Zucker auf die Fensterbank zu streuen. Unser Zuckerverbrauch wuchs in ungeahnte Höhen. Meine Mutter wunderte sich immer, daß nie welcher vorhanden war. Bei meiner Freundin hat der Deal mit dem Klapperstorch und dem Zucker geklappt, bei mir nicht. Sie bekam noch eine Schwester und sehr viel später noch einen Bruder. Sch... Klapperstorch, sch... Zucker. Als meine Mutter dahinter kam, erzählte sie mir auch, warum das so nicht klappen konnte. Na gut, dann eben nicht. Sollte der Bruder oder die Schwester doch bleiben, wo er oder sie wollte.

Wegen des Stotterns (erster unerkannter Hinweis auf meine schon vorhandene, aber nicht erkannte Behinderung) kam ich 1962 in ein Sprachheilheim. Da war ich in der dritten Klasse. Dieses war die erste längere Trennung von zu Hause. Ein dreiviertel Jahr mußte ich nun zusammen mit ganz vielen anderen Kindern leben. Meine Eltern durften mich nur alle vier Wochen am Sonntag besuchen. In den ersten acht Wochen litt ich unermeßlich unter Heimweh. So nahm ich mir immer wieder vor, heimlich meine Sachen zu packen und nachts abzuhauen. Aber leider lag das Heim mitten in einem herrlichen Tannenwald total ruhig und abgeschieden von Straßen und Bahnhöfen. Zwar konnte ich ganz leicht aus dem Fenster nach draußen, aber so ein nächtlicher Tannenwald sieht nun mal unheimlich und bedrohlich aus. Also wurde es nichts mit dem Abhauen. Ich mußte mich eben da eingewöhnen. Das fällt einem zehnjährigen Einzelkind natürlich unheimlich schwer. Zum Glück durften wir in den Ferien nach Hause. War das eine Freude. Endlich konnte ich wieder mit den alten Freunden draußen 'rumtoben und mußte zum Beispiel nicht an den Tischdienst denken oder ob ich mein Bett akkurat gemacht habe. Sonst hätte ich es mit der Gruppenleiterin zu tun bekommen. War das eine alte Ziege! Bei der durfte man überhaupt nichts. Nach dem Mittagessen mußten wir schlafen und das mit zehn Jahren. Logisch, daß wir unter der Bettdecke gelesen haben. Wir durften auch nicht reden. Die Zimmertüren standen offen und wehe dem, der von ihr gehört wurde, der gesamte Abwasch nach dem Mittagessen des nächsten Tages war ihm sicher, oder der Waschraum mußte gründlich geputzt werden. Irgend eine Schikane gab es immer. Auch ein Grund, um abzuhauen. Wenn nur dieser Tannenwald nicht gewesen wäre. Ich liebte Tannen ja schon damals, aber nachts dadurch? Nein, davor hatte ich dann doch zu große Angst. Nach acht Wochen hatte ich mich einigermaßen eingelebt. Natürlich mußte ich dort auch zur Schule, nur der Stoff, den die da gerade hatten, den hatte ich schon in der zweiten Klasse. Besuchte ich nun die „Hilfsschule" oder was? An den ersten Tagen war ich vollkommen verwirrt, wie die anderen Mitschüler mit dem Lehrer umgingen. Er wurde ausgelacht und rüde beschimpft, wenn wir irgend etwas tun sollten, was wir nicht konnten. Das einzig Schöne an diesem gesamten Heimaufenthalt war die Sprachtherapie. Hier verlernte ich das Stottern buchstäblich.

Als ich im März 1963 nach Haus zurückkehrte, war meine beste Freundin weggezogen. Ihre Eltern hatten ein Haus gebaut, und ich hatte keine Adresse von ihr.

Jetzt wurde es langweilig draußen. Ich hatte zwar noch genug andere Kinder, die im gleichen Haus wohnten, aber der Spaß war vorbei. Ich konnte mich nicht mehr mit Klopfzeichen verständigen, wenn ich abends alleine war. Auch das abendliche Zusammenspielen war vorüber, wenn unsere Eltern im Theater waren. Eigentlich war ihr das strengstens verboten, aber genau deswegen hat es ja auch so einen Spaß gemacht. Wir mußten beide um 20.00 Uhr ins Bett. Die Jahreszeit spielte dabei überhaupt keine Rolle. Nur, wenn meine Eltern abends nicht da waren, dann traute ich mich nicht einzuschlafen, weil ich Angst hatte, meine Eltern kommen nicht wieder; und ich brauchte das auch nicht. Sie aber mußte schlafen gehen und zwar um 20.00 Uhr. Sie traute sich auch nicht, dieses Gebot zu unterwandern. So ging ich dann wieder 'rüber zu uns, machte mir das Radio an und las. Aber sie war da, und das gab mir Sicherheit. Jetzt wohnten da so komische blöde Leute. Meine Eltern hatten auch begonnen, in einer anderen Stadt ein Haus zu bauen, in das wir auch bald einzogen. Ich stellte mir das ganz toll vor. Endlich hatte ich mein eigenes Zimmer. Meine Großeltern zogen auch mit ein. Das fand ich damals noch ganz toll, später war das nur noch nervig, denn sie wollten aus mir eine angepaßte junge Dame machen. Ich aber übersetzte Dame mit dämlich, und so wurde aus mir alles andere, aber keine angepaßte junge Dame. Diese Situation sorgte immer und immer wieder für böse Auseinandersetzungen zwischen den Großeltern, den Eltern und mir.

    Ich lebte mich langsam in der neuen Umgebung ein. Endlich hatte ich ein eigenes Zimmer, nur die Kinder hier waren vollkommen anders. Andauernd mußten sie zu Hause im Haushalt helfen. Wie öde. Ich half auch, aber ich war dabei draußen und schüttete mit einer Schubkarre die ausgeschachtete Erde in das große Loch vor unserer Wohnzimmertür, damit dort später unsere Terrasse entstehen konnte. Dabei sah ich so richtig schön dreckig aus, in alten Gummistiefeln, alter verdreckter Hose und Matschklumpen in den Haaren, wenn ich mich mit meinen ebenfalls völlig verdreckten Fingern kratzen mußte. Und meine arme Oma wollte aus mir eine charmante junge Dame machen. Ha, ha, nichts war. Ich fühlte mich „als dreckiger Landarbeiter" sauwohl. Meine Eltern arbeiteten beide den ganzen Tag und hatten deswegen keine Zeit für unsere Terrasse. Den Haushalt erledigte meine Oma.

Die neue Schule war zwar weit weg, dafür hinkten sie vom Stoff meilenweit hinter uns her. Bald hatte ich auch meinen ersten Freund. Ich imponierte ihm durch mein schnelles Kopfrechnen. Das einzige, was ich so einigermaßen konnte. Er half mir, die Terrasse aufzuschütten. Er kam jeden Tag gleich nach dem Mittagessen. Meiner Oma und meinem Opa war das gar nicht recht. Aber für uns war das toll damals. Die Herzchen klopften laut und gleichmäßig. Das die Oma hinter der Gardine stand und uns beobachtete, störte uns überhaupt nicht. Im Gegenteil, das erhöhte nur den Reiz, es doch zu tun, zu knutschen nämlich.

Als ich so dreizehn bis vierzehn Jahre alt war, stellte sich bei mir so ein merkwürdiger Druck des Kopfes nach links ein, (politisch ja durchaus zu vertreten), aber dieses hier empfand ich als äußerst störend. Als ich in Folge dessen dann noch andauernd auf meine Nase fiel, was selbige mir äußerst übel nahm, ging meine Mutter mit mir zum Arzt. Dieser verschrieb mir Bellaravil, ein Mittel gegen Heuschnupfen, Bettnässen und Kopfläuse.

Dabei hatte ich weder das eine, noch das andere und das dritte erst recht nicht. Der zweite Arzt blickte zwar auch nicht durch, überwies mich jedoch an einen Nervenarzt, gar nicht so dumm, sondern bewies eine gewisse Kompetenz. Dieser Nervenarzt war eine ältliche, abgehärmte Frau mit einer sekundär nach unten gebogenen Hakennase. Das dünne, fast ergraute Haar hing ziemlich unordentlich über ein zerfurchtes Gesicht. Diese gute Frau stellte eine Diagnose, die bis ins Detail zu ihrem Äußeren paßte. Sie unterstellte mir pubertäres Getue, daß ich gefälligst unterlassen sollte, (wahrscheinlich hat sie ihre Approbation auf dem Jahrmarkt geschossen).

Der zweite Nervenarzt reichte mich an die Universitätsklinik in Göttingen weiter. So eine Sch... Ich habe noch nie in einem Krankenhaus gelegen. Dort mußte ich eine Reihe fürchterlicher Untersuchungen über mich ergehen lassen. Man hat so ziemlich alles mit mir angestellt. Vom Luftkopf bis zum EKG, von der Urinprobe bis zur Schilddrüsenpunktion. Aber gefunden hat man nichts als eine Reihe gut funktionierender Körperteile und Organe. Zuletzt wurde ich einem Hirnspezialisten vorgestellt. Und richtig, dieser Mann hatte es drauf, denn er erkannte sofort den Ernst der Lage. Nach einem langen Gespräch mit meinen Eltern und mir war die Sache klar. Die eingangs erwähnten Narben drückten in meinem mittlerweile pubertären Hirn auf einen Nerv, welcher eine Überdrehung des Kopfes hervorrief. Thorsionsdystonie heißt das auf medizinisch. Also mußten die Dinger weg. Dieses konnte nach Aussage des Professors nur durch eine stereotaktische Hirnoperation geschehen. Er stellte dabei die Alternative des Rollstuhls mit ungefähr neunzehn Jahren für mich zur Diskussion. Da meine Eltern nun mal keine Mediziner sind, sondern ganz normale Leute, die das Beste für ihr Kind wollten, entschieden sie sich für die stereotaktische Hirnoperation, bei der man eine kleine Sonde in das Hirn einführen mußte, um mittels Strom die „Dinger" wegzubrennen. Diese stereotaktischen Hirnoperationen gibt es heute zumindest in der Form gar nicht mehr. Gehirne sind hochkomplizierte Schaltzentralen, bei denen die Mikrochips so dicht beieinander liegen, daß einfach kein Platz für irgendwelche auch noch so feine Geräte da ist, ohne das diese Mikrochips verletzt werden. Ich glaube heute, daß ich eher als Versuchskaninchen herhalten sollte. Vielleicht wäre mir damals auch mit gezielter Krankengymnastik, Schwimmen und ähnlichen Therapien geholfen worden. Das Ganze fand 1967 statt.

Zwischendurch besuchte ich noch die Volksschule und unterhielt meine Mitschüler durch mein verzogenes Auftreten aufs beste. Meine Mitschüler hatten die taktvolle Angewohnheit, morgens an den Klassenzimmerfenstern herauszuhängen und aufzupassen, wann ich komme und sich dann halbtodzulachen. Ich hatte mir oft gewünscht, daß mal irgendwann einer runterfallen würde. Der hätte dann nie mehr gelacht. (Ich bin ganz schön brutal, was?) Ich hätte ihm ja nicht den Tod gewünscht, aber als Spastiker aufzuwachen, kann schon ausreichen.

Nachdem sich bei der ersten Operation 1967 nichts geändert hatte, (der gewünschte Knalleffekt war ausgeblieben) konnte ich zwar noch ganz normal sprechen, fiel aber ständig auf die Nase, da ich mittlerweile als lebendiges Fragezeichen durch die Gegend lief. So mußte ich 1968 noch mal „unters Messer".

Operation gelungen, Patient totaler Pflegefall! Au weia, jetzt begann die lausigste Zeit meines Lebens. Ich wachte nach der sechsstündigen Operation aus der Narkose auf und wollte etwas sagen. Aber irgendwie kam nichts heraus, als besoffenes Gelalle. Was war das denn? Verdammt noch mal, das muß an der Narkose liegen, schoß es mir durch den Kopf.

Aber ich wurde wacher und wacher, und meine Stimme wollte nicht so wie ich. Ich drückte auf die Alarmsirene, und schon kam eine Schwester, welche zum Glück nicht meine war, rüttelte mir ganz verlegen die Kissen zurecht, und als sie sah, daß ich einen Sprechversuch starten wollte, riet sie mir fürsorglich davon ab, es sei zu anstrengend, und der Herr Professor käme gleich. Schön, dachte ich, aber das ändert nichts an der Tatsache, daß ich unheimlichen Durst verspüre. Der gewaltige Herr Professor kam dann gleich nach einer kleinen Unendlichkeit, fragte mich, wie es mir gehe, ich versuchte voller Ironie „sehr gut" zu sagen, tröstete mich, „na das kriegen wir schon wieder hin" und entschwand wehenden Kittels. Durst hatte ich immer noch.

An die folgenden Tage kann ich mich kaum erinnern. Nur an einen Satz, den mir eine Krankengymnastin beim Abschied sagte, kann ich mich noch genau erinnern. Sie riet mir, nie etwas aufzuschreiben, sondern die Leute stets zu zwingen, mir zuzuhören. Das war kein Problem, denn schreiben konnte ich auch nicht mehr. Vor drei Wochen schrieb ich noch recht ordentlich mit der linken Hand, jetzt nach der Operation hing mir die besagte linke Hand als irgend so ein Schlabberteil von der Schulter am linken Arm herab. Mit dem linken Bein war es dasselbe Problem. Wenn ich den linken Fuß aufsetzte, knickte das Bein im Knie nach hinten durch. Es war so, als hätte ich Pudding im Gelenk.

Meine Kopfwunde heilte schnell. So konnte ich dann auch nach drei Wochen, glatzköpfig wie ein Skinhead das „Neu-Maria-Hilf" in Göttingen wieder verlassen.

Ich wollte auch unbedingt nach Hause, denn das Krankenhauspersonal, bis auf die ausländischen Putzfrauen, die mich immer wieder streichelten, mit mir sprachen und mit mir lachten, verhielt sich mir gegenüber wie die Axt im Walde, einfach entwürdigend. Mit mir konnten sie es ja machen. Wahrscheinlich war ich deren Blitzableiter, zuständig für sonst nicht abbaubare Aggressionen.

Anschließend zu Hause erlebten meine Eltern und ich ein Fiasko, denn ich konnte nichts mehr allein. Meine Mutter mußte mich füttern, waschen, anziehen, auf die Toilette setzen. Meine Brötchen mußte ich regelrecht aus der Schnabeltasse lutschen, denn ich bekam den Mund nicht mehr zu. Mein Speichel rann mir ungehindert auf meine Sachen und so versaute ich mir diese regelmäßig. Dieses hatte zur Folge, daß ich nur allein zu essen wagte. Es war mir einfach peinlich, anderen beim Essen den Appetit zu verderben. Was das alles für ein relativ hübsches sechzehnjähriges Mädchen bedeutet, kann sich vielleicht jeder halbwegs intelligente Mensch denken.

Alle meine ehemaligen Freundinnen und Freunde hatten ihre Lehrstellen, gingen abends in die Disco oder krochen in die Betten des anderen Geschlechts. Ich dagegen hing abends vor der Glotze und suggerierte mir ein, daß ich noch soviel Zeit habe. Zeit? Wozu? Wenn ich draußen herumstakste, verscheuchte ich Hunde, Katzen und anderes Getier. Die jungen Mütter nahmen ihre Kleinkinder an die Leine, wenn sie mich sahen.

Meine Eltern sind dann im gleichen Jahr noch mal mit mir in den Urlaub nach Österreich gefahren. Ich sollte und ich wollte auch laufen lernen, bzw. trainieren. Also stakste ich am Arm meiner Mutter die Berge 'rauf und mit allerletzter Kraft wieder hinunter. Abends waren wir beide völlig ausgepowert. Gegessen habe ich in der Pension alleine. Meine Eltern brachten mir mein Essen gut verpackt aus der Gaststätte mit. Ich traute mich einfach nicht in der Öffentlichkeit zu essen. Dabei wäre ich sehr gerne abends auch mal in die ortsübliche Touristendisco gegangen und hätte mir einen feschen jungen Österreicher angelacht. Aber so etwas war terminmäßig einfach noch nicht dran. Stattdessen saß ich mit meiner Mutter beim Heimatabend und war schon froh, wenn mich irgend so ein Typ überhaupt nur angesehen hat. Sonst gab es nur Training für mich. Dafür kann ich heute wieder ganz normal laufen. Nur, wenn ich abgespannt bin und die Konzentration nachläßt, falle ich in die alten Bewegungsmuster zurück.

Würde ich mich heute bei der Ärztevereinigung beschweren oder gar Schadensersatz fordern, wäre ich reich bis an mein Lebensende, wenn ich Recht bekäme. Statt dessen werden die sagen: Frau Kahle, wir sind ja ganz überrascht, was sie geschafft haben. Das ist mehr, als wir je erwartet hätten. Wir hatten sie eigentlich für die Behindertenwerkstatt vorgesehen. Nein danke.

So verstrichen zwei teure Jahre, in denen ich erstmal wieder das lernen mußte, was die kleinen Kinder zwischen ihrem ersten und vierten Jahr an manuellen Fähigkeiten lernen. Das Einzige, was ich ihnen voraus hatte, war der gezielte Gang zur Toilette. Doch noch nicht einmal das schaffte ich ohne die Hilfe meiner Mutter. Diese Sachlage empfand ich als derart entmündigend, daß ich nur noch mit starken Aggressionen ihr gegenüber reagieren konnte.

Meine Eltern wurden mit dieser neuen und für sie sehr harten Situation (ich bin die einzige Tochter) allein gelassen. Bei uns hat sich nie ein Sozialarbeiter von der Familienhilfe sehen lassen, um mit meinen Eltern über meine Behinderung zu reden oder auf die Vorteile eines Behindertenausweises hinzuweisen. Na klar, wir gehörten zu der gut situierten Schicht. Aber irgendwie wären Hinweise und Tips, die ihnen bei der Verarbeitung dieser psychisch schweren Situation geholfen hätten, sehr wichtig gewesen. Außerdem hatten sie gerade gebaut, und da wäre ein Behindertenausweis auch steuermäßig von finanziellem Vorteil gewesen.

Ich glaube heute, das schlimmste Problem in dieser Zeit war für mich die Frage nach meiner Identität. Denn all das, was die anderen konnten, das konnte ich ja auch einmal vor noch gar nicht langer Zeit. Also war für mich von vornherein klar, daß ich an diesen eigentlichen Ausgangspunkt zurückkommen mußte. Dieses wiederum hieß ARBEITEN, ARBEITEN, ARBEITEN noch und nöcher. Arbeiten hieß Laufen lernen, Sprechen lernen, lernen, sich allein anzuziehen, lernen, mich mutvoll auf der Straße zu zeigen oder im Bus dem Fahrer klarzumachen, wohin ich wollte. Und dieses passierte alles mitten in der Pubertät.

Das erste Wort, das ich in einem halbwegs verständlichen Gelalle herausbekam, war das alles umfassende Wort SCHEISSE. Dieses herrliche Wort war mir in den folgenden Jahren Hilfe und Stütze zugleich. Auf die Idee, vielleicht körperbehindert zu sein, kam ich erst gar nicht. Im Fernsehen zeigten sie ab und zu einmal Leute im Rollstuhl, na gut, arme Schweine, aber ich saß doch in einem solchen nicht. Was ging mich das an. Zu Zeiten des Vietnamkrieges sah man wirklich jeden Tag Männer mit zerschossenen Gliedmaßen im Rollstuhl im Fernsehen. Es wäre mir geradezu pervers vorgekommen, mich als körperbehindert zu bezeichnen. Ich war nicht behindert, verdammt noch mal! Andererseits gelang es mir auch nicht, mich selbst in diesem Zustand zu akzeptieren, und so konnte ich es anderen Leuten auch nicht verübeln, wenn es ihnen genauso ging wie mir. Zufrieden mit mir war ich nie, und so saß ich jeden Abend mit brennenden Augen vor der Glotze und war von einem wahren Heißhunger nach Schokolade, Chips, Cola und Pralinen besessen. Kurz, ich fraß alles in mich hinein, was sich mir in den Weg stellte. Dieses wiederum hatte zur Folge, daß ich aufquoll wie ein Hefeteig. Meine Körpermaße nahmen bald beträchtliche Formen an. Es war ein verzwicktes Roullette in dem Angst und Selbstmitleid, Haß auf mich selbst und andere die höchsten Einsätze waren.

Es war 1969 im Winter. Da hatte ich plötzlich keine Lust mehr, mich zu Hause zu verstecken. Ich hatte zwar in der jetzigen Heimatstadt keine Freunde mehr, aber ich wußte den Ort, in dem meine frühere Freundin wohnte. Also setzte ich mich an die alte Schreibmaschine aus der Zeit vor dem ersten Weltkrieg, sie gehörte meinem Opa und schrieb ihr einen langen Brief, in dem ich ihr voller Ironie mein Leid klagte. Dabei hatte ich unheimlich Angst, sie schon im vornherein zu vergraulen. Dem war aber nicht so, denn nach zwei Wochen stand sie auf einmal vor der Tür. Ich habe vor Freude laut losgeheult. Das war einfach nicht zu fassen. Ich hatte geschrieben, und sie war gekommen, nach sechs Jahren, einfach so, als ob gar nichts gewesen wäre. Sie war inzwischen in der Ausbildung zur technischen Zeichnerin. Na klar, da kam gar nichts anderes in Frage. Und ich saß dick und fett und faul und träge zu Hause 'rum und machte überhaupt nichts. Ich fühlte mich wie ein Weichei, so versagermäßig, Marke Blindgänger. Da mußte meine Freundin erst aus ihrem Dorf kommen, bis ich merkte, daß ich so nicht weitermachen konnte. Meine Mutter erzählte mir dauernd, ich bräuchte Ruhe, aber irgendwann hat man sich auch von tollsten Strapazen ausgeruht, und wenn man dann nichts tut, dann schlägt die vermeintliche Ruhe in Trägheit um und dieser Zeitpunkt war bei mir längst überschritten. Meine Trägheit war in Faulheit umgeschlagen. Ich war auch geistig faul und träge und übernahm die Ansichten meiner Großeltern völlig kritiklos. Kurz, ich stand einige Zentimeter vor der totalen Verblödung. Jetzt aber war sie da und rettete mich vor meiner völligen geistigen Umnachtung, in dem sie mich zu sich nach Hause einlud und Unternehmungen mit mir plante. Diese Unternehmungen waren darauf ausgerichtet, mich wieder fit zu kriegen. Wir machten viele Wanderungen bei Wind und Wetter, Eis und Schnee. Ihre Mutter bekochte mich vorzüglich. Sie setzte mir die tollsten Rohkostsalate vor. Nur sie nutzten mir wenig, weil das ja nur alle drei bis vier Wochen so vorkam. Trotzdem versuchte ich es jetzt wenigstens, abzunehmen meine ich. Da es mir nicht gelang, auf Schokolade, Pralinen und sonstiges hochkarätiges Zeug, was die Kalorien betrifft, zu verzichten, versuchte ich es mit Abführmitteln. Aber das klappte auch nicht. Bis auf gelegentliche gesegnete Durchfälle tat sich überhaupt nichts. Der „Makel" der Behinderung lastete zu schwer auf mir. Ich konnte und wollte sie nicht akzeptieren. Selbst heute nach 26 Jahren habe ich es nicht geschafft, meine Behinderung vorbehaltlos anzuerkennen. Das fällt mir auch deshalb so schwer, weil sich gerade unsere deutsche Gesellschaft so sehr an festgelegten Normen und daraus resultierenden Leistungen orientiert, daß jemand, der diese Normen nicht erfüllt, völlig aus dem Rahmen fällt und in eine Sonderrolle gedrängt wird. Klarer ausgedrückt heißt das, die Normen behindern uns. Dieses ganze Integrationsgequatsche ist auch eine Farce. Integrierieren können sich nur die Nichtbehinderten, weil sie in der Lage sind, sich dem kräftemäßigen Niveau eines Behinderten anzupassen. Auf deutsch heißt das: Wenn sich die nicht körper- oder als direkt sichtbar geistig behindert auffallenden Menschen zum Beispiel in Rollstühlen fortbewegen würden, fiele ein Querschnittgelähmter gar nicht mehr auf. Dann wären alle Bordsteine abgesenkt, sämtliche öffentlichen Verkehrsmittel hätten Hebevorrichtungen zum Ein- und Aussteigen der Leute. Es gäbe keine Treppen mehr, nur noch breite Türen usw. So etwas wird es wahrscheinlich nie geben, denn Behinderung setzt Grenzen, mit denen Nichtbehinderte einfach nicht konfrontiert werden wollen. Grenzen erzeugen auch Angst. Angst vor dem „Nicht mehr können, nicht mehr das sein können", was man vorher mal war. Diese Angst hätte ich auch gehabt, wenn mir vor der Operation gesagt worden wäre, was mir „blüht".

Hätte mir damals jemand erzählt, daß auch ich einmal in einer festen Beziehung mit einem ebenfalls behinderten Mann leben, drei gesunde Kinder haben und studieren würde, ich hätte ihn wegen übler Nachrede angezeigt.

Zu meinen damaligen Gefühlen stehe ich auch heute noch, weil ich sie als festen Bestandteil einer Entwicklung sehe, die bis heute noch nicht abgeschlossen ist. Nach einer zweijährigen Erholungs- und Lernphase stellte sich auch für mich die Frage nach der Berufswahl. Denn also lautet der Beschluß, daß der Mensch was lernen muß. Endlich!

Nachtrag: Meine Eltern

Wenn ich die damalige Lage meiner Eltern aus meiner heutigen Sicht betrachte, so war die Konfliktbewältigung zumindest meiner Mutter eine wirksame und gesunde Sache, denn sie wurde ihren Streß, den sie mit mir zweifelsohne hatte, auf dem Sportplatz los. Dort rannte, sprang und schwitzte sie sich ihre Trauer, ihren Frust und auch ihre Agression, die ich ihr auch zugestehe, buchstäblich aus dem Körper. Alles, was den Menschen belastet, sollte ihn wie durch ein aufgeschlossenes Ventil wieder verlassen. Dadurch gewann sie eine Menge Freundinnen und Bekannte und konnte immer wieder auf menschlichen Beistand hoffen. Das Schlimmste, was man in solch einer Lage tun kann, ist sich selbst zu isolieren.

Meinem Vater gelang dieses nicht so gut. Durch eine Kriegsverletzung standen ihm diese Wege nicht zur Verfügung. Statt dessen stürzte er sich in die Gartenarbeit. Das hatte er vor meiner Behinderung zwar auch schon getan, aber nun hatte dieser Garten noch eine zusätzliche Qualität gewonnen. Sehr viel später entwickelte er Bronchialasthma. Ich glaube nicht, daß nur meine Behinderung diese psychosomatische Krankheit ausgelöst hat, dabei spielen noch eine Reihe anderer Faktoren eine Rolle. Ein Ausschlag dabei war meines

Erachtens der Krieg. Mein Vater war siebzehn Jahre, als er eingezogen wurde, also fast noch ein Kind, na gut Jugendlicher. Mit dem Abitur wurde es nichts. Statt dessen durfte er bei Fronturlauben zu Hause in Hannover nach den Fliegerangriffen die brennenden Leute aus brennenden Häusern holen. Das sind Erlebnisse, die prägen für ein ganzes Leben. Ich habe das Gefühl, daß diese Generation systematisch für den Krieg erzogen wurde. Zum einen natürlich durch die Kinder- und Jugendorganisationen, zum anderen aber auch durch die „härtere Erziehung" seitens der Eltern, die ja „so gut und richtig" gewesen war. Nach heutigen Maßstäben war das eine Erziehung mit körperlichen und seelischen Mißhandlungen, die die Kinder von damals zu wenig als auf sich selbstachtende Wesen heranwachsen ließ. Eben bestens geeignet als Kanonenfutter und Ja-Sager. „Ja" sagen war die sicherste Form des politischen Überlebens in dieser Zeit. Die wenigen, die „Nein" sagten, wurden an die Wand gestellt. Aber diese Geschichten kennen wir alle, und es erschreckt mich eigentlich sehr, daß der Geist dieser Zeit noch nicht aus den deutschen Köpfen entwichen ist. Latent war er immer da, nur heute wird er offen gezeigt. Nur mein Vater schleppt sich nun fünfzehn Jahre mit dieser Krankheit ab, und meine Behinderung war noch das letzte bißchen, was die Seele dann nicht mehr vertragen konnte. Also antwortete sie mit dem Bronchialasthma. Ich denke, es gäbe da auch einen Weg, aus dieser Misere herauszukommen, nämlich eine Psychotherapie zu machen, statt ständig diesen Berg Pillen zu essen. Aber so etwas kann ich meinem Vater nicht erzählen, das ist alles „Quatsch". Leider! Wenn er wirklich einmal über alles reden würde, über die Kindheit, über die Kriegszeit, über seine Eltern, über die ganze Zeit danach, dann würde es ihm auch besser gehen. Dazu sind wir aus der Familie ungeeignet, das müßte schon ein Profi (Psychotherapeut) tun, denn wir könnten das sicherlich nicht auffangen und verarbeiten. Vielleicht sollte er auch mal losheulen und alles aus sich herausschwemmen. Aber Männer heulen ja nicht. Schade eigentlich. Ich erledige das aus dem Stand heraus und fühle mich hinterher leicht wie eine Feder. Wenn ich das nicht könnte, wäre ich heute voller Magengeschwüre, vergrämt und faltig. Wenn ich Therapeutin wäre, würde ich die Menschen zu allererst zum Weinen bringen. Ich würde auch zuerst anfangen zu heulen, wenn sie zu sehr gehemmt wären. Damit hätte ich überhaupt keine Schwierigkeiten. So viel zu meiner Rolle als Therapeutin. Zurück zum eigentlichen Text.

Anfang oder Ende

Am Anfang war das Annastift, in dessen „geheiligten Hallen" meine Karriere als zukünftige Arbeitslose begann. Als ich 1970 dort aufgenommen wurde, hatte ich überhaupt noch keine Vorstellung von dem, was ich später einmal arbeiten wollte. Darauf, schien mir, war man dort gefaßt, denn ich mußte mich am nächsten Morgen in der Berufsfindung einfinden. Hier saß ich nun unter anderen behinderten Jugendlichen, denen es genauso ging wie mir. Wir wurden mit Körbeflechten, diversen Handarbeiten, Stöpseln (in die Tintenpatronen wurden die kleinen Kugeln eingestöpselt) und allerhand anderem Schwachsinn beschäftigt. Gestöpselt wurde sogar im Akkord, d.h. vor uns lag eine quadratische

Holzplatte mit zehn mal zehn kleinen Löchern in der Weite einer Tintenpatrone. Stöpseln hieß nun in die nach oben geöffnete Tintenpatrone eine winzige Kugel einzufüllen und sie dann mit einem winzigen Deckelchen wieder zu verschließen. Eine sehr „abwechslungsreiche" Tätigkeit, die wirklich meine sämtlichen grauen Hirnzellen forderte. Da ich für so etwas wahrscheinlich zu blöd bin, schlief ich regelmäßig ein. Für Akkordarbeit war ich also denkbar ungeeignet. Aber das andere hielt mich auch nicht gerade wach. Ich war nur am Pennen. Als man dieses begriff, wurde ich als Hilfe auf eine Kinderstation geschickt. Das war natürlich ein voller Reinfall, denn ich schlief auch hier im Stehen ein, was mir wüsten Ärger mit der Stationsschwester einbrachte. Die Arbeit war einfach zu anstrengend in meiner damaligen Situation. Außerdem hatte ich das penetrante Gefühl, bis aufs Letzte ausgenutzt zu werden. Meine damalige Situation war deshalb so chaotisch, weil ich einfach nicht wußte, wo es lang geht. Ich wollte irgendwas ganz Tolles machen, von dem die Anderen sagen würden: „Oh, das hätte ich ihr aber nicht zugetraut." Aber Stationshilfe – schon allein der Ausdruck „Hilfe" störte mich. Ich wollte zwar helfen, aber Stationshilfe, nein danke. Als leitende Stationsschwester hätte mir das Ganze schon viel eher zugesagt. Aber genau hier lag mein Problem, ich wollte einfach zuviel und konnte viel zu wenig. Zum einen war meine Schulbildung nicht gerade die beste, und zum anderen, und das war mein Hauptproblem, ließ auch meine Behinderung vieles nicht zu. Jemand, der mit den Händen feinmotorisch nicht zugreifen kann, also zum Beispiel eine Spritze nicht sicher in die Vene stechen kann, oder dem Arzt in knappen Sätzen Auskunft über den Befund eines Neuzuganges geben kann, der kann eben, von der Schulausbildung und der Körperkraft mal ganz abgesehen, nicht Stationsschwester werden. Auch nicht im Annastift. Da war noch die Sache mit R. R., dem nettesten Mann, den ich damals kennengelernt hatte. Er war Masseur. Gut, wenn ich also nicht Stationsschwester werden kann, dann wollte ich „wenigstens" Masseurin werden. Also setzte ich mit aller mir zur Verfügung stehenden Kraft durch, daß ich zumindest probeweise die Massageschule besuchen durfte. Jawohl, das war doch, was ich suchte und brauchte. Einfach einschlafen war nicht mehr drin. Hier war Leistung gefordert, und es machte mir Spaß, diese zu erbringen. Dieser „Edelstreß" grenzte mich deutlich von den anderen Jugendlichen ab, die in den Verwaltungsbüros, den Werkstätten oder der Näherei des Annastiftes irgend etwas „popelig langweiliges" lernten. Ich hingegen lief ganz stolz im weißen Kittel herum und pflegte meine Aura, in dem ich mit medizinischen Fachausdrücken um mich schmiß. Um die Wichtigkeit des weißen Kittels noch zu unterstreichen, wurden diese regelmäßig in Domestos eingeweicht, damit sie ja nicht vergrauten. Während die anderen morgens gelangweilt und müde zur „Maloche" schlurften oder rollten, schritt ich mit würdevoll erhobenem Haupt und total wach in die physikalische Therapie. Ich war ja so stolz, daß ich die Fangopackung für Patientin X zu einem ganz bestimmten Zeitpunkt fertig haben mußte. Genau das brauchte ich, Verantwortung und Vertrauen in meine Kraft. Das Ganze war nicht unter einem therapeutischen Deckmantel versteckt, sondern ganz einfach Fakt. Aber ich hätte auch die gesamte physikalische Therapie gewischt. Das Ganze scheiterte dann doch an meinen spastischen Händen. Ich bekam die genau vorgeschriebenen Griffe nicht hin. Sch... Behinderung!!!

Zu dieser Zeit begannen merkwürdiger Weise die neuen Ausbildungslehrgänge zum Bürokaufmann. Ich fasse zusammen: Körbeflechten, Handarbeit, Akkordarbeit, Stationshilfe, Masseurin, alles war nichts. Und gerade letzteres wäre mein Traumberuf gewesen. Also gehst du ins Büro. Und genau das wollte ich NICHT. Auf keinen Fall wollte ich meinen Feierabend in so einer öden langweiligen Bürobutze verschlafen. Ich hatte einfach Angst vor so einem eintönigen Alltag. Der Gedanke erschien mir geradezu pervers. Ich vollführte ein Affentheater und heulte Rotz, Blut und Wasser. Es nützte nichts. Als es den für die Ausbildung Verantwortlichen schließlich zu bunt wurde und ihnen der Geduldsfaden riß, stellten sie mich vor die Wahl, entweder Bürokauffrau zu werden oder nach Hause zurückzugehen. Das war ein heilsamer Schock, denn das wäre mir auch rein vom Ehrgeiz her nicht möglich gewesen, trotz lieber netter Eltern. Diese Belastung wäre für uns alle zuviel geworden. Also fügte ich mich schweren Herzens und ließ mich äußerst widerwillig zur Bürokauffrau ausbilden.

Nun war ich leider auch eine von den ganz „Normalen", die morgens aufstanden und mehr oder weniger lustlos ins Büro, Berufsschule oder Werkstatt schlichen. Die Lehre erfüllte mich mit einer geistigen Leere, denn alles, was ich dort lernte, erschien mir unlogisch und blöde. Das einzige, was mir ein bißchen Halt gab, war meine Berufsschulklasse und einige wirklich nette Lehrer. Gerade sie gaben sich die allergrößte Mühe, mir wenigstens einige Buchungssätze oder so etwas Gräßliches wie Formeln über die Handelsspanne, den Kalkulationszuschlag und den Reingewinn oder irgendwelche Wechselgeschichten beizubringen. Ich saß nur da, kaute gelangweilt auf dem Bleistift und begriff überhaupt nichts. Ich wollte auch nichts kapieren, was ging es mich denn an, ob ein blöder geschniegelter Geschäftsmann bei einer Handelsspanne von X-Prozent pleite ging oder nicht. Von mir aus sollte er doch. Meine psychische Sperre äußerte sich in einem gesunden tiefen Büroschlaf. Der unmöglichste, aber intelligenteste Boy in dieser verrückten Klasse wurde später mein Lebenspartner und somit der Vater meiner Kinder. Völlig verrückt. In dieser blöden Zeit erlebte ich eine für mich völlig neue Episode.

Droge Jesuspeople

Es begab sich zu jener Zeit, in welcher ich am tiefsten durchhing. Ich langweilte mich abends oft im Lehrlingsheim herum und wußte weder mit mir noch mit der Welt was sinnvolles anzufangen. Sehr viele Mädchen gingen abends in die annastiftseigene Disco und amüsierten sich dort mit mehr oder minder fragwürdigen Typen. Das hatte ich natürlich nicht nötig, denn ich hatte ja meinen Masseur, der von seinem Glück nichts wußte. Ich hätte mir aber auch eher die Zunge abgebissen, bevor ich ihm gesagt hätte, daß ich ihn wahnsinnig liebte. Meine Minderwertigkeitsgefühle, die ich schon als ganz kleines Kind eingeimpft bekam, machten es mir einfach unmöglich, darüber zu sprechen. So wurde mir immer von meiner Oma gesagt, ich hätte mich nicht so wichtig zu nehmen, es gäbe noch genug andere, die noch größere Sorgen hätten. Aber gerade das hätte ich so dringend gebraucht, mich selbst einmal als das Wichtigste der Welt zu sehen. Statt dessen habe ich mich immer fürchterlich verkrampft, wenn ich mal über mich selbst reden sollte. Das kann ich heute noch nicht, und ich glaube, das ist mein eigentliches Problem. Es wird von der Behinderung nur kaschiert.

Andere gingen auch weg und kamen mit seltsam erleuchteten Augen zurück. Erst dachte ich, daß die eventuell unter Drogen stehen, und es sollte sich bald zeigen, daß ich damit gar nicht so unrecht hatte. Ich fragte eine Zimmerkollegin danach, und sie riet mir, am folgenden Abend einmal mitzukommen, was ich dann auch tat. Die Droge hieß Teestube. Eigentlich ein harmloser Begriff, jedoch was sich innerhalb dieser „Teestube" abspielte, war die absolute Härte. Ich kam also in jene Teestube und wurde mit den folgenden Worten vorgestellt: „Liebe Brüder, (die Männer natürlich wieder zuerst), liebe Schwestern, hier ist wieder eine neue Christin, die zu uns gehören möchte. Ich war so verdattert, daß ich erstmal gar nichts sagen konnte. Aber nach meiner Verwirrtheit fand ich es toll, so ohne Vorbehalte meiner Person gegenüber und ohne neugierige Blicke in eine schon bestehende Gemeinschaft aufgenommen zu werden. Dieses Gefühl, endlich einmal ohne Konkurrenzkampf angenommen zu sein, kannte ich überhaupt noch nicht. Also ließ ich mich willig und ohne Gewalt als neues Schäflein auf Gottes Wiesen führen. Das ging so vonstatten: Die anderen Ver- bzw. Bekehrten bildeten einen Kreis, in dessen Mitte ich mich setzen mußte. Dann wurde gebetet, jeder für sich und alle für mich, ich war so gerührt, daß ich einen regelrechten Weinkrampf bekam. Da nahmen mich die anderen in die Arme und trösteten mich mit den

Worten, ihnen sei es genauso ergangen, und nun hätte Gott mich angenommen, was ich auch fest glaubte. Das war eine tolle Sache. Ich hatte überhaupt keine Angst mehr, weder vor dusseligen Klassenarbeiten noch vor den Lehrern oder vor Krieg, Tod und Teufel. Es war eigentlich eine schöne Zeit. Ich lief mit glücklich verklärtem Gesicht durch die Gegend und bemitleidete jeden, der versuchte, an meinen gesunden Menschenverstand zu appellieren. Mir taten auch alle meine Lehrer leid, die sich vergeblich bemühten, in mein vom Christentum umwabertes Spatzenhirn irgendwelche Buchungssätze, Kalkulationsformeln oder sonstigen kaufmännischen Kleinkram hineinzupumpen. Ich begriff absolut und überhaupt nichts. Vor der Klassenarbeit wurde kurz und intensiv gebetet, und Gott schrieb für mich die Arbeit. Ich lieh ihm quasi nur meine Hand als ausführendes Organ. Die Arbeiten waren merkwürdigerweise nie total daneben, was mich nur bestärkte. So ging ich weiter zu den Gruppenabenden, las in meiner Freizeit ordentlich die Bibel und betete mir die Lunge aus dem Halse. Schularbeiten machte ich nur selten. Wenn es hart auf hart kam, würde Gott mir schon helfen. Nun ist ja mit 21 Jahren das Thema „Mann" von erheblicher Wichtigkeit. Besonders in einer Anstalt, in der die Möglichkeiten jemanden kennenzulernen, stark eingeschränkt sind. Jungs gab es freilich genug, aber die waren ja alle behindert und irgendwie doof. Mein Freund sollte bitteschön gut aussehen und auf keinen Fall behindert sein, so wie R., der eine Kragenweite zu groß für mich war. Somit würde ich ihn niemals erreichen. Ich war schon froh, daß er mit mir sprach, eine Tasse Tee trank und ab und zu etwas mit mir unternahm. In der Gruppe wurde mir regelrecht eingebleut, daß ich gar keinen Mann brauche, denn ich hätte ja Jesus und das reicht. Das hätte ich geglaubt, wenn diese Worte nicht von einem nichtbehinderten Pärchen gekommen wären, das genau eine Woche später heiratete. Aber das war genau das, was gerade noch zur rechten Zeit kam, nämlich die heilsame kalte Dusche oder auch Hirnwäsche zur rechten Zeit, die mich zwang, hinter die Kulissen zu sehen. Ich entdeckte eine Welt, in der Heuchelei, Bequemlichkeit und Lüge Trumpf waren. Auf einmal merkte ich den Blödsinn, als sie mir erzählten: „Glaube an Gott, und du wirst wieder gesund." Davon mal ganz abgesehen, daß ich kerngesund war, wurde dieser Schwachsinn auch den Leuten erzählt, die im Rollstuhl zum Skelett abgemagert auf den Tod warteten. Eine bodenlose Unverschämtheit. „Sie", das waren die „Kinder Gottes", eine Sekte, die es auch heute noch gibt und ihr Unwesen treibt. So stieg ich also wieder aus und lernte selber, hatte natürlich auch wieder meine verschiedenen Ängste und nur noch ein müdes Lächeln für die vergangene Zeit übrig.

Große Freiheit 32

Irgendwann nach diesem Reinfall hatte ich keine Lust mehr, mit acht Mädchen in einem Zimmer zu schlafen. Ich war nun 21 Jahre alt und wollte endlich ins freie Leben hinaus. Es wurde mir zuviel, ständig überwacht zu werden, mich an- und abmelden oder zu einer bestimmten Zeit im Lehrlingsheim sein zu müssen.
Die anderen nahmen auch natürlich keine Rücksicht auf mein übergroßes Schlafbedürfnis, und so fühlte ich mich ständig gestört. Also beschloß ich auszuziehen. Dieses

umzusetzen, war allerdings nicht so einfach für mich, weil sich ja dadurch auch mein Status änderte. Ich war dann nicht mehr interner Lehrling, sondern externer Lehrling. Die dafür zuständigen Mitarbeiter des Annastiftes von der Richtigkeit meines Entschlusses zu überzeugen, war nicht so ganz einfach. Auch meine Eltern konnten sich damals überhaupt nicht vorstellen, daß ich es packe, allein zu leben. Hier mußte ich harte Überzeugungsarbeit leisten.

Schließlich schaffte ich es doch und konnte am 1. Juli 1973 in mein eigenes Zimmer in der Stadt weitab vom Annastift ziehen. Dieses Zimmer befand sich im fünften Stock, also direkt unterm Dach. Es lag auf einem großen Flur, an den noch andere Einzelzimmer grenzten, in denen auch angehende Beschäftigungstherapeutinnen wohnten und gehörte dem Annastift. Hier wohnte ein ältliches Fräulein, welches anscheinend vom Annastift beauftragt wurde, auf Sitte und Moral zu achten. Aber das interessierte mich überhaupt nicht. Wenn ich Gelegenheit gehabt hätte, mit einem Jungen zu schlafen, dann hätte ich das auch getan. Aber das Problem stellte sich noch nicht. Ab jetzt hieß es für mich zum Beispiel, daß ich mein Mittagessen in der großen Kantine unter den anderen Mitarbeitern des Annastiftes einnehmen mußte, oder daß ich nach Feierabend noch schnell Brot, Wurst und Käse einkaufen mußte, daß ich mich morgens selber wecken mußte und meinen Kaffee selber kochte und meine Brote für den langen Arbeitstag selber schmierte. Wer kann nachvollziehen, wie gut selbstgeschmierte Brote schmecken? Ich konnte mir zwar im Annastift etwas zu essen kaufen, aber dazu reichte mein Geld nicht. Jetzt war ich endlich frei. Ich konnte schlafen, wann immer ich wollte oder fernsehen oder essen oder abends weggehen, ganz nach Belieben. Ich war trotzdem nie allein. Wenn ich Gesellschaft haben wollte, ging ich kurz über den Flur und klopfte bei der Nachbarin. Wir tranken manche Tasse Tee zusammen und lachten über so manchen Blödsinn. Manchmal kam auch Rolf vorbei. Dann gab es Tomatensuppe aus der Tüte. Mehr konnte ich mangels Töpfen, Pfannen und Tiegeln nicht kochen. Später hatte ich dann öfters übers Wochenende Besuch von Heino. Dabei merkte ich ganz schnell, daß er nicht nur der alberne Klassenclown war, sondern daß ich ihn auch durchaus ernst nehmen konnte. Wir redeten oft nächtelang durch. Dieses mußte leise geschehen, denn niemand durfte merken, daß ich über Nacht Herrenbesuch hatte. Aber gerade dieses machte ja die ganze Sache erst interessant.

Jeden Abend um 22.00 brachte ich Heino laut redend zur großen Flurtür, verabschiedete ihn möglichst laut, schloß die Tür auf und wieder zu, während Heino auf leisen Sohlen wieder in mein Zimmer zurück-schlich. Das war eine sehr schöne Zeit. Trotzdem interessierte mich meine Ausbildung überhaupt nicht. So fiel ich denn auch prompt durch die erste Prüfung. Nach einem geistigen Kraftakt bestand ich dann im zweiten Durchgang. Das sah so aus, daß ich nur noch büffelte. Gott sei Dank war ich nicht die Einzige, der es so ging. So, nun war ich wieder „nur" Gehilfin, nicht Kauffrau, sondern nur Gehilfin. Aber eigentlich juckte mich das überhaupt nicht. Und jetzt?

Gründung des eigenen Hausstandes und erster Familienstreß

Nach Hause zurück wollte ich auf keinen Fall. Ich hatte in den fünf Jahren gelernt, allein zu leben und meinem Freund (eben jenem total verrückten und unmöglichen Boy) ging es genauso. Also beschlossen wir zusammenzuziehen und gingen auf Wohnungssuche. Unsere erste „Wohnung" bestand aus einem Zimmer mit Bad und Balkon und einer eingebauten Küche. Das Ganze nannte sich Appartement mit Müllschlucker und gehörte dem Annastift. Es wäre sicherliich toll gewesen, aber wenn man jeden Tag in so einem Zimmer zusammen hockt, dann geht man sich ganz schnell auf den Geist. Also war klar, daß wir uns eine größere Wohnung suchen mußten. Aber die meisten Hauswirte fanden, daß sich eine „wilde Ehe" in ihrem Hause nicht gehört oder hatten Angst, daß wir die Treppe nicht putzen konnten, weil zwei Behinderte, um Gottes Willlen, das kann doch nicht klappen. Wer ersetzt den Schaden, wenn da etwas passiert?

Nach langem Suchen fanden wir eine schnuckelige Dreizimmerwohnung unterm Dach. Nun war jeden Tag „Trimm dich" angesagt. Schließlich mußten wir 98 Stufen erklimmen. Aber der Mensch gewöhnt sich an alles. Arbeit zu finden, war schlicht und ergreifend unmöglich. Mein damaliger Sachbearbeiter auf dem Arbeitsamt riet mir, viel spazieren zu gehen und gesünder zu werden. Oh Mann, hatte der es drauf. Solch qualifizierte Antwort wäre mir mit meiner Behinderung garantiert nicht eingefallen. Ach ja das Arbeitsamt, es ist immer wieder ein rotes Tuch. Aber mir war die Blödheit dieser Leute damals nur recht, denn der

Betrieb, der mich eingestellt hätte, wäre ohnehin nach einer Woche pleite.

Trotzdem nervte uns die Arbeitslosigkeit bald tierisch. Dadurch, daß wir beide uns jeden Tag auf der sogenannten Pelle hingen, gingen wir uns bald gewaltig auf den Geist (ein bißchen war wohl noch vorhanden). Meistens waren unsere Behinderungen der Stein des Anstoßes. Zwischen Heino und mir besteht ein großer Unterschied. Er ist von Geburt an Spastiker und kennt den Zustand des Nichtbehindertseins nicht, ich war bis zu meinem 12. Lebensjahr ohne körperliche Beeinträchtigung und konnte damals meine Behinderung noch überhaupt nicht akzeptieren. Er konnte und kann es auch heute nicht verstehen, warum ich ständig wegen ihr durchhänge und mich so abrackere. Er kann auch seine Kräfte besser einteilen als ich, sagt er. Einmal, als wir so richtig durchhingen und absolut nichts mehr ging, entschloß ich mich irgend etwas zu tun, irgendwas, nur raus aus der alltäglichen Leier. Ich meldete mich in der Volkshochschule zur Teilnahme an einem zweijährigen Lehrgang zur Erlangung des Realschulabschlusses an. Natürlich hörte ich vorher, daß ich den niemals schaffen könnte, denn ich wäre ja zu blöd in Mathe. „Kann sein, trotzdem versuche ich es wenigstens." Einen Tag vor Beginn sackte mir das Herz in die Hose, und ich bekam Angst vor der eigenen Courage. Aber nun war ich angemeldet und wollte es genau wissen, ob ich wirklich zu doof für Mathe und Physik bin.

Der Kurs war wahnsinnig schwer, und ich fragte mich immer wieder, was ich eigentlich in der Volksschule gelernt habe außer Rechnen, Schreiben und Lesen. Trotzdem machte es mir sehr viel Spaß, ich war wieder Wer. Heino bekam Anfang 1978 auch einen Job in einem Kommunikationszentrum, und unser Leben kam wieder auf Touren. Dies alles gab mir die Kraft, die Abschlußprüfungen zu bestehen. Ich erreichte sogar den erweiterten Realschulabschluß mit einer vier in Mathe und Physik, na bitte. Doch nicht ganz so doof, wie ich dachte... Das war etwas, was mir wirklich keiner zugetraut hätte. Ein wahnsinniges Erfolgserlebnis. Das war 1979. Nun griff ich nach den Sternen und wollte das Fachabitur nachholen. Doch da ereignete sich etwas völlig Unvorhersehbares.

Daniela

Jetzt war es also doch passiert, das, was ich in meinen kühnsten Träumen nicht gewagt hätte, zu hoffen. Das, was ich nur den nichtbehinderten Frauen zugetraut habe, war nun höchstwahrscheinlich mir passiert. Nach drei Wochen bangen Wartens, ob oder ob nicht, schickte ich mich selbst total verschüchtert in die Apotheke, um mir den B-Test zu holen. Ich ging schon sehr früh, weil ich dachte, daß dann nicht so viele Leute anwesend waren.

Ich hatte recht mit meiner Überlegung. Mein Herz klopfte, aber die Apothekerin lächelte mich freundlich an, und ich äußerte erleichtert meinen Kaufwunsch. Dann schwebte ich nach Hause. Dieses war die erste einer Reihe von Hürden, die ich in der ersten Phase eines neuen mir noch völlig unbekannten Zustandes nahm. Der nächste Morgen bereitete der Ungewißheit ein Ende.

Ich war schwanger, juchhu! Als nächstes ging ich

zum Arzt. Da ich schon jahrelang den gleichen Frauenarzt aufsuchte und er meinen Wunsch nach Kindern kannte, stellte er mir außer den bekannten Fragen nach der letzten Regelblutung etc. nur noch einige Fragen zu meiner Behinderung. Auf den berüchtigten Stuhl brauchte ich gar nicht erst. Er glaubte dem Ergebnis des Testes. Dann rechnete er den Entbindungstermin aus. Er deckte sich mit meiner Berechnung. Es war der 6. Juni 1980, gab mir den Termin für die nächste Vorsorgeuntersuchung, wünschte mir Glück und das wars dann.

Das einzig schwierige in dieser Situation war für mich, erstmal den Mund zu halten und gar nichts zu sagen, weder den Eltern noch den Bekannten noch der ganzen Welt. Ich wollte diesen neuen anderen Umstand erst mal für mich selber packen und einordnen. Heino ging es ähnlich. Aber am zweiten Tag hielt ich mein Schweigen nicht mehr länger aus und leitete einen Telefonrundspruch ein. Doch was da meine Ohren erreichte, war teilweise die absolute Spitze an Dummheit und sogar Unverschämtheit. Es reichte von „wie konntet ihr nur" über „wer soll das Kind denn nehmen" bis „ihr könnt dem Kind doch kein Vorbild sein". Aber es gab auch Glückwünsche und Hurrarufe und die kamen von weitaus kompetenteren Leuten.

Als ich in den folgenden Monaten meinen immer dicker werdenden Bauch durch die Straßen Hannovers schob, blieb so mancher brave und biedere Bürger stehen und hielt sich die Augen fest, damit sie ihm nicht herausfielen. Aber das war nicht mein Problem.

Es hat eigentlich sehr lange gedauert, bis ich diese neugierigen, teilweise feisten frechen Blicke ertragen konnte. Doch sollte ich mich deshalb neun Monate hinterm Ofen verstecken? Gespräche mit guten Freunden machten mir klar, daß ich das überhaupt nicht nötig hatte. Nichtbehinderte Schwangere werden genauso blöd angegafft.

Gegen Ende der Schwangerschaft belegte ich pflichtgemäß einen Gymnastikkurs und mit meinem Freund zusammen einen Säuglingspflegekurs. Das Gefühl ernstgenommen zu werden, hatte ich in keinem der beiden Kurse. Ich empfing ständig mitleidige Blicke (armes Hascherl, du). Mein Freund war für die bösen, vorwurfsvollen Blicke zuständig. Als die anderen Kursteilnehmer dann auch noch erfuhren, daß wir nicht verheiratet waren und obendrein auch nicht vorhatten, dies nachzuholen, zweifelte man völlig an meinem Verstand. An meinem wohlgemerkt, nicht an dem meines Freundes.

Und so rückte der errechnete Geburtstermin immer näher, aber es tat sich überhaupt nichts. Mir ging es nach wie vor so irre gut, als ob überhaupt nichts wäre. Eine Woche nach dem errechneten Termin rief mein Arzt (ist natürlich nicht nur meiner) in der Entbindungsklinik zwecks Geburtseinleitung an. Wenn ich nicht so verdammt neugierig auf das in mir zappelnde Etwas gewesen wäre, hätte ich nie meine Einwilligung dazu gegeben. Denn was nun kam, war die absolute Härte.

Am nächsten Tag, es war ein drückend heißer Morgen dieser 14. Juni 1980, fuhren mein Freund und ich in aller Frühe um halb sieben (also kurz vorm Aufstehen) in die Klinik. Heino wollte bei der Geburt dabeisein. Nach den üblichen Formalitäten, die ja nun mal sein müssen, kamen wir auf die Entbindungsstation. Hier erwartete uns eine abgehärmte eisgraue Hebamme, die mich gleich in den Vorbereitungsraum bugsierte. Vorbereitung hieß Rasur und Einlauf. Obwohl ich beteuerte, zu Hause schon Stuhlgang gehabt zu haben, nein, der Einlauf mußte sein. Da der Chefarzt, der üblicherweise die Fruchtblase „sprengt", noch nicht da war, konnte ich, nur mit einem weißen Anstaltshemdchen bekleidet, zurück zu meinem Freund auf den Flur. Wir wanderten noch gut eineinhalb Stunden auf und ab. Dann kam der Chefarzt angerauscht, hinter ihm her noch ein ganzes Heer von Ärzten, Assistenten und Schwestern. Er riß die Tür des Kreißsaals auf und sagte nur: „Na, dann wollen wir mal." Ich mußte mich auf das sogenannte Kreißbett legen (Heino wurde hinausgeschickt), die Beine breit machen und dann öffnete dieser Kraventsmann von Arzt mir mit seinen ungeheuer breiten Wurstfingern die Fruchtblase. Ich schrie so laut, daß mein Freund auf dem Flur dachte, das Kind sei schon da. Er kam weiß wie eine Wand wieder zu mir. Dann wurde mir der Wehentropf angelegt, und wir wurden alleingelassen. Dieses geschah ziemlich wortlos. Dann rauschte er samt seinen Ergebenen wieder ab. Zwischenmenschlich spielte sich da überhaupt nichts ab. Kein wohlmeinendes Wort, kein verständnisvolles Lächeln, nichts. Ich begreife heute noch nicht, wieso ich mir so was gefallen lassen konnte. Andere Frauen wären da vielleicht pfiffiger gewesen als ich. Ich bin ziemlich sicher, daß das nur an meiner Sprachbehinderung lag. Durch dieses absonderliche Verhalten seitens des Krankenhauspersonals war ich derartig verkrampft, daß ich kein vernünftiges Wort herausbringen konnte.

Dann begann das große Warten auf die ersten Wehen. Ich horchte gespannt in mich hinein, aber nichts tat sich. Nach ungefähr einer halben Stunde spürte ich ein leichtes Ziehen im Unterleib. Es war 10.10 Uhr, als es endlich losging. Um 17.45 Uhr erblickte unsere kleine süße Daniela das Weiß des Lakens. Die Zeit dazwischen habe ich vor lauter Hitze und Anstrengung verschlafen.

Heino hatte den undankbaren Job, bei mir zu sein und mir beim Schlafen zuzusehen. Er hatte sich intensiv auf den eigentlichen Geburtsvorgang vorbereitet, denn wir wollten unser erstes Kind gemeinsam kriegen. Statt dessen wurde er wie ein Statist beiseite geschoben und dazu verdammt, mir die Hände zu halten und in die Augen zu sehen (dabei war das doch schon neun Monate vorher gelaufen, was dachten die denn, warum ich jetzt hier lag?), wovon ich natürlich in dieser Situation nichts hatte. Der Arzt und die Hebamme lagen halb auf mir drauf und schoben das Kind fast mit raus, denn ich war einfach schon zu schlapp, um noch vernünftig pressen zu können. Dazu kam diese mörderische drückende Schwüle draußen. Es war der heißeste Tag des Jahres 1980. Als Daniela dann da war, konnte ich sie vor lauter Schwachheit kaum halten, von sofortigem Anlegen konnte überhaupt keine Rede sein. Die Klinik legte wohl auch keinen weiteren Wert auf diesen „Quatsch", denn es hält ja nur auf. Obwohl ich bei der Anmeldung zur Geburt mit dem Krankenhaus Rooming-in vereinbart hatte, wurden wir dennoch getrennt. Unsere Tochter kam auf die Säuglingsstation und mich verfrachtete man in ein großes Gemeinschaftszimmer mit acht Betten. Angeblich waren die anderen Zimmer alle belegt. Ich hatte in einer berühmten Zeitschrift von der wichtigen Phase des ersten Blickkontaktes zwischen Mutter und Kind gelesen, konnte davon aber leider überhaupt nichts umsetzen. Sie ging in der Krankenhausroutine unter. Nach einem kärglichen Abendbrot fiel ich in einen totenähnlichen Schlaf, der gegen 4.00 Uhr unterbrochen wurde, als eine Kinderschwester mir wieder wortlos mein Kind, das mit einer Flasche bewaffnet war, in den Arm drückte. Was ich zu tun hatte, erfuhr ich erst von den anderen Frauen. Ich hatte gelesen, daß gleich nach der Geburt die Vormilch einschießt bzw. schon da ist, ehe das Kind kommt und daß dieses „Kolostrum" am allerbesten zur Ernährung eines neugeborenen Säuglings geeignet ist. Also klingelte ich nach der Schwester und fragte, ob sie mir beim Anlegen behilflich wäre, bekam jedoch nur die lakonische Antwort „keine Zeit" zu hören. Leider gab ich mich damit zufrieden und meiner Tochter das mitgeführte Fläschchen. Anschließend wurden die Kinder wieder wortlos eingesammelt. Ich sah Dani nur zu den Mahlzeiten. Nach zwei Tagen konnte ich in ein anderes Zimmer einziehen, in dem ich Daniela den ganzen Tag dabei hatte. Aber auch hier wurden die Kinder morgens früh wortlos ausgeteilt und abends genauso wortlos wieder eingesammelt. Dieser Vorgang erinnerte an einen Briefträger, der die Post in die Briefkästen verteilt. Als wir nach sechs Tagen nach Hause entlassen wurden, stellte der Arzt mir ein Rezept für eine elektrische Milchpumpe aus, ohne auch nur im entferntesten daran zu denken, mir das Stillen mal richtig zu zeigen. Stillen kann man nämlich lernen. Die ersten Tage und Wochen waren so streßgeladen, daß ich schon dachte, die anderen hätten doch recht, wenn sie behaupten, ich schaffe es nicht. Die viele Wäsche, nachts andauernd aufstehen, das Kind trösten, Tee kochen, Flasche geben, wieder hinlegen, evtl. noch mal abpumpen, weiterschlafen und nach einer Stunde das gleiche Spiel von vorn. Ich war nur noch müde; so geht es anderen Frauen auch. Nur bei mir kam als erschwerendes Moment meine Behinderung hinzu. Dadurch, daß ich andauernd müde war, waren meine Bewegungen extrem langsam. Mir fiel es äußerst schwer, mich überhaupt zu bücken, um irgendwas aufzuheben. Die Befehle im Kopf überstürzten sich. Aber sie kamen nicht in den dazugehörigen Körperteilen an. Dadurch glich unsere niedliche kleine Wohnung bald einer Chaotenbude. Ich sah nur zu, daß ich all das, was mit unserer Kleinen zu tun hatte, sauber und in Ordnung hatte. Heino konnte mir damals noch nicht helfen, weil er zu der Zeit noch arbeitete. Wenn er zu Hause war, übernahm er die Regie, dafür durfte er nachts durchschlafen. Allmählich stellte sich dann Routine ein. Dani schlief nachts durch, und ich konnte so neue Kräfte sammeln.

Daniela ist (auch heute noch) ein sehr waches und intelligentes Kind. Deshalb gaben wir sie schon mit sechzehn anstatt mit achtzehn Monaten in eine Kleinkindergruppe, damit sie mit der Sprache nicht in Verzug geriete. Es wurde uns nämlich nahegelegt, daß wir es ja nicht versäumen sollten, rechtzeitig etwas für Danis normale Sprachentwicklung zu tun. Wir fanden dieses Gerede ziemlich überflüssig, denn daß wir hier etwas unternehmen mußten, war uns von vornherein klar.

Nach den anfänglichen Trennungsängsten sowohl auf ihrer als auch auf meiner Seite lebte sie sich sehr schnell in der Gruppe ein und fühlte sich wohl unter den Kindern. Dadurch hatten wir endlich Kontakt zu anderen Eltern, also zu Leuten, die in der gleichen Lage waren wie wir. Wir standen zwar nicht alleine da, aber unsere Freunde hatten alle keine Kinder. Für die war es sehr nervend, wenn ihnen ständig ein kleines Wickelkind ins Wort fiel und Fragen stellte und Ball spielen wollte. Wir galten als Versager, denen die Kleine später mal auf dem Kopf herumtanzen würde, weil wir sie nicht vor 22.00 Uhr ins Bett bekamen. Wir vertraten und vertreten noch heute die Ansicht, daß Kinder, die müde sind, sich ohne Probleme ins Bett bringen lassen, es sei denn, ihnen wird von Anfang an ab 6.00 Uhr abends eingebleut, sie wären um 7.00 Uhr müde. Darauf haben wir verzichtet. Es wäre zwar manchmal ganz erholsam für uns gewesen, wenn wir ab 20.00 Uhr unsere Ruhe gehabt hätten, aber so hatte Heino, der den ganzen Tag arbeiten mußte, auch noch etwas Zeit, mit seinem Kind zu spielen. Die Eltern aus der Kindergruppe erzogen ihre Kinder genau wie wir unsere Daniela. So bekam sie eine Menge Freunde und Freundinnen und fühlte sich wohl. Bald ging sie sehr häufig nach der Kindergruppe mit den anderen Kindern nach Hause oder die Kinder kamen zu uns. Auf diese Weise hatte immer ein Vater oder eine Mutter „frei".

Ich hatte vormittags auch wieder etwas Zeit für mich und stellte zu meinem Erschrecken fest, daß ich gar nichts mehr damit anzufangen wußte. Ich dröselte mehr oder weniger lustlos in meinem Haushalt vor mich hin und sah nur auf die Uhr, wann es Zeit war, Dani wieder abzuholen.

Dani, aus „Verhinderungen", VHS, Herbst 1981

Ich, Daniela Kahle, inzwischen einenviertel Jahre auf dieser komischen Welt, möchte Euch mal erzählen, was ich so an einem Tag alles erlebe.

Also, das Grauen geht schon früh um 7.00 Uhr los. Da werde ich nämlich vom Radio geweckt. Eine fürchterliche Musik. Statt so 'nem duften Hard-Rock, der einem den Sand aus den Augen fegt, bringen die: „Tips für jedermann". Uaaaaaaaaaaa, brrrrrrrrrr.

So, dann muß ich meine Eltern wecken. Ich tue das, in dem ich aus meinem Bettchen in das meiner Eltern krieche und meiner Mama eins auf die Nase haue und meinem Papa einfach die Augen aufklappe und die Nase zuhalte. Das wirkt immer. Dann will ich toben, Kissenschlacht und solche Scherze. Sollten meine Alten dann immer noch pennen, hämmere ich gegen die Wohnungstür und fange an zu schreien, so laut ich kann. Meine Mama steht dann vor Schreck im Bett. Das sieht zum Piepen aus.

Dann gehen wir alle drei in die Küche, wo Mama mir die Flasche zubereitet und Papa für das Frühstück sorgt. Während ich dann selbige Flasche genüßlich trinke, versucht Mama mich zu wickeln. Wieso schafft die das immer? Aber das Waschen habe ich ihr schon lange abgewöhnt. Das wäre ja auch noch schöner, alle Welt redet vom Sparen, die Wüsten dehnen sich aus und sie wird das Wasser für mich verplempern.

Das Anziehen muß ich mir ja wohl oder übel gefallen lassen. Eine ekelige Angelegenheit. Wenn ich Mama dann schließlich mit der blöden Windel drei oder viermal um den Tisch gejagt habe, lasse ich ihr den Willen, mich anzuziehen. Nachdem ich dann beim Frühstück meinen Eltern abwechselnd die Marmelade oder die Wurst vom Brot gelutscht habe, muß ich in die Kindergruppe. Angeblich, um das Sprechen besser zu lernen, denn meine Eltern sind beide sprachbehindert. Dabei kann ich schon so gut sprechen. Kann ich was dafür, wenn meine Umgebung mich nicht versteht? Aber das nur nebenbei.

In der Kindergruppe kann ich alles machen, was ich will oder besser gesagt, fast alles. Da laufen vielleicht Typen 'rum. Mädels meines Jahrganges, da kommt noch

Gewaltiges auf Euch zu. Da ist zum Beispiel der Felix. Den heirate ich nicht, der hat mir nämlich gleich eine gedröhnt, als ich am ersten Tag dort war. Rotzlümmel! Wenn der das jetzt schon macht, wie soll das in der Ehe werden. Dann ist da der Florian. Das ist ja vielleicht ein heißer Typ. Den werde ich mal heiraten, den oder keinen. Außer Felix und Florian sind noch Axel, Anna, Nina, Jenny, Lea, Robert, David, Moritz und Camilla in meiner Gruppe.

Wenn Mama mich danach wieder abholt, gehe ich noch kurz zum Einkaufen, esse zu Mittag alleine am liebsten Spaghetti. Wenn ihr wüßtet, wohin man sich die, außer in die Nase, Ohren und Augen noch alles schmieren kann. Gut, ich bin kein Leonardo da Vinci, aber Friedensreich Hundertwasser kommen meine Gemälde auf dem Fußboden verdächtig nahe. Warum schimpft Mama nur so. Kann ich was dafür, daß sie keine Ahnung von Expressionismus hat? Immer wischt sie alles gleich weg. Nach einem kräftigen Hieb aus der Teepulle haue ich mich auf das linke Ohr und betreibe zwei Stunden intensive Augenpflege. Länger traue ich mich nie zu schlafen. Nachher vergessen mich meine Eltern. Nachdem ich die Prozedur des erneuten Wickelns gerade so lebend überstanden habe, gehe ich mit Mama in eine Behindertengruppe. Uh, die sehen aber echt komisch aus. Die können gar nicht laufen. Die müssen immer in ihren Autos sitzenbleiben. Ich könnte das nicht, das muß doch echt langweilig sein, wenn man keinen mehr ärgern kann.

Um 19.00 Uhr gehen wir dann wieder nach Hause. Dort angelangt, weiß ich schon, was mir blüht. Ich soll möglichst schnell ins Bett. Aber als politisch durchaus interessiertes Kind muß ich mir natürlich die Nachrichten ansehen. Erst kommt „Heute" mit der Wettervorhersage im ZDF und danach die Tagesschau in der ARD, ebenfalls mit der Wettervorhersage. Das Programm, das dann folgt, ist langweilig. Wenn ich dann in meinem Bett liege, bin ich total fertig und meine Eltern auch.

Nina

Als Dani drei Jahre alt war, hatte ich endgültig genug vom „zu Hause herumpuzzeln". Unsere Kleine besuchte nun ganztägig den Kindergarten, und so wollte ich wieder ein bißchen an mich selber denken. Also setzte ich fort, was ich einmal begonnen hatte. Den zweiten Bildungsweg nämlich. Ich meldete mich kurz entschlossen als Kollegiatin in der IGS-Roderbruch zur Erlangung des Abiturs an. Das war Ende Januar 1983. Mitte Februar stellte sich wieder mittels eines B-Testes heraus, daß ich zum zweiten Mal schwanger war. Ich wollte zwar noch ein Kind, aber gerade jetzt? Na gut, das Abi konnte ich auch noch nachholen, wenn das „neue" Kind in den Kindergarten ging. Heino war auch damit einverstanden. Die Schwangerschaft verlief bis auf die letzten Wochen ohne Komplikationen. Natürlich kam auch dieses Kind viel zu spät. Deshalb mußten auch hier die Wehen eingeleitet werden.

Zum Glück hatte ich ein anderes Krankenhaus gewählt. Hier gab es keinen Kraventsmann von Chefarzt mit Wurstfingern und auch keine eisgraue abgehärtete Hebamme. Nur der Einlauf und die Rasur mußte sein. Na gut, der Tropf mußte natürlich auch sein. Aber getan hat sich absolut nichts. Ich hatte zwar Wehen, aber die waren viel zu schwach. Nachmittags um 15.00 Uhr wollte mich der Chefarzt wieder nach Hause schicken. Ich sollte am nächsten Morgen wiederkommen. Also wurde ich vom Tropf erlöst und sollte mich dann noch eine Stunde erholen. Eigentlich hatte ich gar keine Lust, noch mal nach Hause zu fahren, um dann am nächsten Morgen wieder in aller Frühe im Krankenhaus zu erscheinen und die ganze Prozedur über mich ergehen zu lassen. Diese Gedanken schien das Kind in mir erraten zu haben, denn ich lag kaum eine viertel Stunde ohne Wehentropf, da bekam ich die richtigen Wehen. Nun wanderte ich mit meinem Freund über die langen Gänge und veratmete brav die Wehen, wie ich es im Schwangerschaftskurs gelernt hatte, und wartete und war sehr gespannt auf das, was sich da nun auf den Weg in die große weite Welt machte. Um 19.29 Uhr stand die wirklich sehr nette Hebamme vor mir und lachte laut und schallend, denn das, was da zwischen meinen Schenkeln lag, war ein absolut witzig aussehendes kleines Mädchen. Unsere Tochter hatte den Kopf voller langer schwarzer Haare, die abstanden, wie die Haare eines gestutzten Staubmuffs. Da war für mich klar, dieses Mädchen konnte nur Nina heißen, Nina, wie Nina Hagen. Okay, das war nun also unsere Nina. Unser kleiner Brausekopf.

Nach weiteren zwei Stunden wurden wir drei nach Hause gebracht, denn ich hatte dieses Mal eine ambulante Geburt angemeldet. Ich wurde in den vierten Stock hinaufgetragen. Aber an Schlaf war nicht zu denken. Heino war durch den literweise genossenen starken Kaffee noch so munter, und ich war auch so aufgekratzt. Zwei Freunde, die noch in unserem Haus wohnten, kamen noch hoch zu uns und feierten noch ein bißchen mit uns. Unsre Kleine störte das alles nicht. Sie schlief ganz fest. Die Hebamme, die noch zehn Tage danach zu uns kam, zeigte mir auch das Stillen. Ich stillte Nina ein Jahr lang.

Daniela und Nina sind von ihrem Wesen völlig unterschiedlich, verstehen sich aber bis auf die normalen Geschwisterrangeleien und Eifersüchteleien gut. Nach eineinhalb Jahren ging Nina in den Kindergarten und ich konnte nun endlich daran denken, daß ich noch ein Studium vor mir hatte und deshalb irgendwie ein Abitur brauchte. Inzwischen war auch klar, daß ich den Anforderungen eines normalen schulischen Abiturs über drei Jahre hinweg durch die eingetretenen häuslichen Belastungen nicht mehr gewachsen war. Also entschied ich mir für das einjährige fachgebundene Abitur an der VHS. Das war im April 1985.

Sylvia

In diesem Jahr ereignete sich aber etwas völlig ungeplantes und überhaupt nicht in unser Konzept passendes. Es war wieder „passiert". Hard luck. Ich war zum dritten Mal schwanger. Pardon, mein Kind, Du unbekanntes Wesen, Du versaust mir meine Reifeprüfung. Das lasse ich nicht zu. Es darf Dich nicht geben. Du mußt da wieder raus. Überhaupt, wie bist Du überhaupt da rein gekommen. Wir haben doch nach allen Regeln der Kunst verhütet. Du, wir schaffen Euch drei einfach nicht. Du hast nun mal behinderte Eltern, was das heißt, davon können Dani und Nina Dir ein Liedchen singen. Dein Papa ist hochgradig schwerhörig und ich, Deine Mama, bin eine sprachbehinderte Spastikerin. Wenn Ihr demnächst zu dritt hier herumspringen würdet, bekämen wir bald gar nichts mehr auf die Reihe. Bei „Herumspringen" fällt mir ein, umziehen müßten wir auch. Weißt Du, was eine Vierzimmerwohnung heutzutage kostet? Wenn Du wüßtest, wie kinderfeindlich unsere Umwelt ist. Und die Leute, die Verwandten, was würden die für einen Schwachsinn reden, weil zwei Kinder, okay, aber drei, ausgeschlossen. Entschuldige, aber Du siehst, es geht wirklich nicht. Sämtliche rationalen Gründe sprechen gegen Dich! Ich bin allein. Heino bringt die Kinder in den Kindergarten. Meine Gedanken kreisen um das, was bald geschehen soll, die Abtreibung. Ich werde auf diesem Bett liegen und man wird mir dieses bißchen Leben, das später mal ein Mensch werden würde, aus meinem Leib herauskratzen. Ich bekomme Angst. Sie steigt in mir hoch und schnürt mir den Hals zu, ich bekomme keine Luft mehr. Ich denke, ich kann es nicht, komme, was da wolle. Kann sein, daß ich dumm, naiv und verantwortungslos bin oder was auch immer, egal. Egal! Mein liebes Kind, Du darfst kommen.

Mir ist wohler. Der Schlüssel dreht sich im Türschloß. Heino kommt zurück. Beim Frühstücken teile ich ihm meine Gedanken mit. Ihm bleibt vor Schreck der Bissen im Halse stecken. Nach einer kleinen Ewigkeit der absoluten Stille prasselt eine Salve auf mich herab, die ich so nicht erwartet habe. Klar, er hatte schon recht, aber verdammt noch mal, was ist mit mir selbst. Ich weiß, daß ich verrückt, unvernünftig, dumm und naiv bin, absolut keinen Durchblick habe (wer hat den schon), usw. Trotzdem, warum soll ich vernünftig handeln, wenn ich genau weiß, daß ich nicht fähig bin, mir so etwas Unmenschliches gefallen zu lassen. Außerdem, wie sollte ich meine Reifeprüfung bestehen?

Sogar meine Dozentin riet mir von der Abtreibung ab, und in der Praxis meines Frauenarztes schloß man Wetten darauf ab, ob ich abtreibe oder nicht.

Ich ging dann aber doch meinem Freund zuliebe zur Schwangerschaftskonfliktberatung. Eigentlich war dieser Weg überflüssig, aber ich wollte ihm zeigen, daß ich durchaus Verständnis für seine Argumente hatte. Als wir dieser Frau gegenübersaßen, hatte ich von vornherein das Gefühl, nicht ernst genommen zu werden. Diese Dame also war noch überzeugter als Heino, daß ein drittes Kind in unserer Situation als behinderte Eltern absolut und überhaupt nicht in Frage kommen darf. Ich war das dumme Puttchen, das sich überhaupt ein Kind hatte „anhängen" lassen. Ich war froh, als ich wieder draußen war. Jetzt erst recht.

Als nächstes pilgerten wir zum Sozialamt, um zu erfahren, welche Hilfen uns zustanden. Denn ohne Hilfen hätten wir es wirklich nicht geschafft. Das war sogar mir in meinem „dummen und naiven" Kopfe klar.

Peng, die nächste Pleite. Behinderte Eltern mit drei Kindern gibt es laut Bundessozialhilfe-Gesetz gar nicht. Dazu kam, daß wir finanziell über dem Sozialhilfesatz lagen. Finanziell konnten wir also nicht auf Hilfe des Sozialamtes zählen. Jedoch nach eingehender Prüfung unserer Situation und ebenso eingehenden Gesprächen mit dem zuständigen Stellenamtsleiter wurde uns eine Haushaltshilfe und ein Geschirrspüler gewährt. Na bitte.

Dieses alles ereignete sich im November 1985. Lang ist das her. Die Zweisamkeit zwischen Heino und mir normalisierte sich langsam wieder, auch wenn wir hin und wieder nächtelang über Für und Wider eines dritten Kindes scharf diskutierten. Die Reaktionen unserer Freunde waren zurückhaltend und verhalten. Die einzigen, die sich mit mir freuten, waren meine Eltern. Sie gaben mir die Kraft, die folgende Zeit überhaupt durchzustehen. Dani und Nina merkten auch, daß irgend etwas nicht stimmte. Ihre Reaktionen waren entsprechend. Als ich ihnen sagte, was los war, freuten sie sich zwar, aber ich beobachtete an Dani, daß sie häufig recht nachdenklich vor sich hin sah. Sie bekam schon mehr mit, als wir dachten. Mir selbst ging es mit dem dritten Kind im Bauch nie ganz gut (was vielleicht psychische Ursachen hatte, zum Beispiel Schuldgefühle), aber auch nie ganz schlecht.

Ab Mitte Januar 1986 wurde langsam die neue Wohnung aktuell. Wir waren auf eine lange Sucherei eingestellt, mit allen Schikanen, die heute auf dem Wohnungsmarkt üblich sind. Am 1. Februar kaufte ich morgens eine Zeitung. Man muß ja irgendwann mit dem Suchen anfangen. Das war unsere Intention für diesen Tag. Am Abend dieses Tages hatten wir unsere jetzige Vierzimmerwohnung. Eine Traumwohnung, mit Balkon und Garten für die Kinder, im Parterre gelegen und für unsere damaligen Verhältnisse riesig groß. Dazu noch relativ billig. Das war mehr, als wir in unseren kühnsten Träumen zu hoffen gewagt hätten. Am 1. März zogen wir dort ein. An diesem Tag schrieben wir unsere letzte Übungsklausur, denn die Reifeprüfungen standen kurz bevor. Ich bekam also von dem ganzen Umzug nichts mit. Das war auch gut so, denn mein Bauch hatte schon einen beträchtlichen Umfang.

Am 15. und am 19. März waren die ersten Prüfungen. Dazwischen lagen harte Tage des Einräumens in der neuen Wohnung und des Renovierens der alten Wohnung. Kurz – es war nur Streß vom frühen Morgen bis zum späten Abend. Kinder, Umzug, Prüfung, Haushalt, das war viel zu viel für mich. Wohlgemeinte Ermahnungen wies ich entschlossen zurück: Ich bin stark, ich kann das schon, schließlich habe ich schon zwei Kinder und weiß, wie der „Hase läuft". Das war der große Irrtum vom Dienst, wie sich bald hernach herausstellen sollte.

An einem Morgen im Mai, es war der 7. Mai, beim Frühstück setzten auf einmal schwallartige Blutungen ein. Was war das denn? Sie dauerten ungefähr eine halbe Minute. Heino wurde ganz weiß und fragte mich tonlos, was er machen sollte. „Nichts", sagte ich, denn ich war ja so stark, stand auf, ging ins Bad, um mich zu waschen und legte mich hin. Warum sollte ich in Panik geraten, ich hatte ja keine Schmerzen. Am nächsten Tag erzählte ich die ganze Sache einer Bekannten. Nach einem kräftigen „Spinnst du?", verfrachtete sie mich in ein Taxi und fuhr mit mir ins Krankenhaus. Sie rettete mir dadurch das Leben, denn dort stellte der diensthabende Arzt per Ultraschall eine Plazenta Praevia (Mutterkuchenvorfall) fest. Das heißt, der Mutterkuchen hatte sich vor den Muttermund geschoben, was wiederum bedeutete, mein Kind konnte nicht geboren werden, ohne daß ich verblutet wäre. Der Kaiserschnitt war mir also sicher. Ich gab dabei sofort den Wunsch nach einer Sterilisation an, solange der Bauch noch offen war. Diesem wurde auch gern entsprochen. Mir wurde totale Bettruhe verordnet und strengstens untersagt, mich überhaupt nur hinzustellen.

Das Ganze war mir äußerst peinlich. So eine völlige Abhängigkeit von den Schwestern war mir schon sehr unangenehm. Na ja, und dann die Prüfung, die dritte und letzte schriftliche Prüfung wäre am 16. Mai gewesen. Prüfung, Prüfung über alles, wenn ich auch beinahe gestorben wäre, bitte schön, nicht ohne Prüfung.

Ich war ein Arbeitstier und gab nicht auf. Was ich will, das will ich nun mal. Ich setzte alle Hebel in Bewegung und erreichte, daß die Fachhochschule mich im Krankenhaus prüfen wollte. Hurra!

Am 14. Mai saß ich dummerweise gerade während des Schichtwechsels auf dem Schieber, was sehr unangenehm für mich war. Gleich wieder klingeln wollte ich auch nicht, denn die Schwestern waren hoffnungslos überlastet. Trotzdem kümmerten sie sich sehr um mich. Außerdem hatte ich sowieso das dringende Bedürfnis, mich einfach mal hinzustellen, denn vom dauernden Liegen drückte mir das Kind auf den Magen, was einen ekelhaften Brechreiz in mir auslöste. Also stellte ich mich kurz hin, um die Bettpfanne wegzustellen und was nun folgte, kommt einem Geburtsthriller gleich. Ich kann es auch nur in Stichworten wiedergeben. Stehen – Bluten – Klingeln – Schwestern – Tohuwabohu – Bett – Fahrstuhl und Rasur – OP – Narkose – aus... Ich verstand nur noch aus ganz weiter Ferne, ob die „Kinderheule" (Kinderkrankenhaus auf der Bult) schon verständigt wurde. Ja... Gegen 22.00 Uhr erwachte ich mit fürchterlichen Nachwehen, die durch die OP-Narben noch mehr schmerzten. Die Nachtschwester und die Hebamme gratulierten mir zu meiner Sylvia, (schon wieder ein Mädchen), die zu diesem Zeitpunkt noch Julia hieß. Ich war happy. Doch wo war sie? Ach ja, in der „Kinderheule". Ob sie auch gerade heulte? Die Hebamme teilte mir ihr Gewicht und Größe mit. Wahnsinn, 1630 g schwer und 43 cm groß. Ein typisches „Frühchen" der 32. Woche. Als Heino sich am nächsten Tag überhaupt nicht für „Julia" erwärmen konnte, entschieden wir uns für „Sylvia". Dieser Name war auch ganz akzeptabel.

Für Heino ging der Streß jetzt erst richtig los. Er war den ganzen Tag auf Achse. Morgens brachte er die Kinder in den Kindergarten. Dann kam er zu mir, um meine abgepumpte Milch abzuholen und sie der Sylvia zu bringen. Anschließend mußte er nach Hause hetzen, um sich um den Haushalt zu kümmern, einzukaufen und die Kinder aus dem Kindergarten abzuholen. Und alles ohne Auto. Gerade die beiden „Großen" forderten jetzt massiv ihr Recht. Daniela war damals knapp sechs und Nina dreieinhalb. Ich versuchte Heino etwas zu entlasten, indem ich die drei morgens per Telefon weckte. So verlor ich nicht ganz den Kontakt zur Dani, und sie war halt verantwortlich dafür, daß Papa, der ohne Hörgeräte fast taub ist, morgens rechtzeitig aufstand. Trotzdem war es für Heino Streß, Kubik mal Quadrat hoch drei.

Doch es sollte alles noch viel schlimmer kommen. Am 4. Tag nach dieser Wahnsinnsgeburt klingelte mein Telefon. Heino war dran. An seiner Stimme merkte ich, daß irgend etwas geschehen war... Sylvia hat eine Lungenentzündung und ihre Lungenbläschen sind geplatzt. Wir müssen uns auf das Schlimmste gefaßt machen. Die Worte brauchten lange, um von meinen Ohren in meine Hirnwindungen zu gelangen, und dann begriff ich schnell. Das konnte nur heißen, unsere kleine Maus schwebte in Lebensgefahr, und ich konnte nicht zu ihr. Zuerst rief ich in der „Kinderheule" an. Der Arzt schilderte mir ihren Zustand als sehr kritisch. Jetzt war für mich klar, daß ich am nächsten Tag mein Kind besuchen würde, und wenn ich auf allen Vieren kriechen müßte. Ich war innerlich aufgewühlt und in zwei Personen zerspalten. Die eine warnte mich vor einer Beziehung, die noch gar nicht bestand. Aus diesem

Grunde würde ich ihren Tod leichter verkraften. Die andere Person jagte mich förmlich zu ihr und trichterte mir ein, sie zu streicheln, mit ihr zu sprechen (trotz enormer Sprachbehinderung) und ihr so eine Überlebenschance zu bieten. Irgendwie war diese Person stärker und hatte die besseren Argumente. Ich hatte doch so für dieses Kind gekämpft. Diesen Kampf konnte ich jetzt nicht aufgeben.

Am nächsten Tag kroch ich fast auf allen Vieren ins Krankenhaus. Die Nähte rissen (sie rissen natürlich nicht) und zwickten. Es tat höllisch weh. Ich schwitzte vor Wut auf mich selber, weil es mir nicht schnell genug ging. Und dann stand ich oder besser gesagt hing ich an Heinos Arm vor dem Brutkasten und suchte mein Kind. Dieser Winzling lag versteckt unter Elektroden, Transaktoren, Sensoren, Lungendrainagen und einer Magensonde in der Nase auf einem Fell. Und nun hieß es streicheln. Streicheln konnten wir nur mit der Fingerkuppe unserer kleinsten Finger. Während meine Finger freie Haut suchten und streichelten, dachte ich nur: Durchhalten! Du schaffst es bestimmt! Ich suggerierte ihr das richtig ein. Verdammt, wieso war ich nur aufgestanden?

Die nächsten Wochen bestanden aus psychischem Dauerstress. Gleich nach dem Aufstehen rief ich im Kinderkrankenhaus an, um mich zu erkundigen, ob Sylvia noch lebt, wie sie die Nacht verbracht hat, wieviel Nahrung sie aufgenommen hat und wie hoch die Sauerstoffzufuhr eingestellt ist. Die höchste Sauerstoffdosis war 98%. Da hatten die Ärzte kaum noch Hoffnung. Jetzt half nur noch beten.

Der nächste Tag brachte die Entscheidung. Lag es am Beten oder war Sylvia nun sowieso über dem Berg? Die

Krise war überstanden, und es ging ihr besser. Die Sauerstoffzufuhr konnte nun langsam aber stetig verringert werden. Wir besuchten Sylvia jeden Tag für mehrere Stunden. Das würden wir aber auch bei den anderen beiden tun.

Während dieser Zeit kam täglich eine Haushaltshilfe zu uns. Sonst wären wir hoffnungslos überlastet gewesen. Außerdem fuhren meine Eltern in den ersten zwei Wochen mit den beiden „Großen" in den Urlaub. Dies war für uns eine sehr wesentliche Hilfe, wir konnten nun uneingeschränkt zu Sylvia fahren, ohne erst vorher großartig organisieren zu müssen. Der Nachteil daran war die Stille in der Wohnung. Diese Stille hat mich an manchen Tagen fast verrückt gemacht, denn meine Gedanken waren nur mit Sylvia und den aus ihrer Situation resultierenden Selbstvorwürfen beschäftigt. Warum bin ich eigentlich aufgestanden? Oder habe ich meiner Tochter das Leben gerettet? Es hieß ja, sie habe Fruchtwasser im Rippenfell gehabt, war mit dem Fruchtwasser etwas nicht in Ordnung? Fragen über Fragen, ich habe sie damals nicht zu stellen gewagt. Meine Schuldgefühle waren einfach zu groß. Trotzdem büffelte ich noch für meine Reifeprüfung, eine schriftliche und zwei mündliche standen noch aus. Meine Freunde hielten mich für verrückt. Egal, das brachte mich jedenfalls zeitweise auf andere Gedanken.

An einem Abend im Juni erfuhr ich bei meinem letzten Anruf im Krankenhaus, daß ich Sylvia in den Arm nehmen durfte. Eigentlich wollte ich schlafen gehen, aber diese Nachricht setzte soviel Adrenalin in mir frei, daß ich im Bekanntenkreis herumtelefonierte, ob mich noch jemand zu ihr bringen konnte. Mit dem Bus zu fahren, hätte mir viel zu lange gedauert. Zum

Glück fand ich jemanden und wenig später hatte ich meine Sylle im Arm. Das war ein Gefühl wie Weihnachten, Ostern und Pfingsten auf einen Tag. War ich happy, denn nun konnte man an ihre Verlegung von der Intensiv- auf die normale Frühgeborenenstation denken, was auch bald hernach geschah.

Nun ging auch für Heino eine in doppelter Hinsicht sehr anstrengende Zeit zu Ende. Zum einen empfand er den Streß um Sylvia genauso anstrengend wie ich, zum anderen kommt hinzu, daß Heino zwei Hörgeräte trägt, daß heißt, er stand bei jedem Besuch bei Sylvia durch ständiges Piepen, Rauschen und Tuckern der Geräte auf der Intensivstation unter akustischer Dauerberieselung, die seinen Ohren sehr wehgetan haben muß. Wir haben das Problem dann so gelöst, daß wir uns bei den Besuchen abgewechselt haben, so daß jeder einen Tag „frei" hatte. Frei für die beiden anderen, die auch mitgelitten hatten. Sie konnten das zwar nicht so sagen, aber ihr Verhalten deutete auch auf ihren inneren Streß hin. Schließlich hatten sie sich auf ihre Schwester gefreut und wollten endlich mit ihr spielen. Dann war ständig einer von uns weg. Das war einfach gemein! Auf der Frühgeborenenstation wurde Sylle auf fast sieben Pfund hochgepäppelt.

Mitte August. Zwei Tage nach Danielas Einschulung konnten wir Sylvia nach Hause holen. Dieser große Tag im Leben eines sechsjährigen Mädchens ging leider in diesem allgemeinen Streß um die kleine Schwester unter. Die Ärzte versorgten uns mit vielen Ratschlägen, Ampullen und Kochsalz zum Inhalieren, Spritzen zum Aufziehen selbigen Kochsalzes, Tabletten, Tropfen, Salben und vielem mehr. Zum Abschied sagten sie: „Wir sehen uns wieder!" Nie, dachte ich und war fest entschlossen, für Sylvia zu Hause optimale Bedingungen zu schaffen. Ein erneuter Krankenhausaufenthalt sollte ihr und uns, bitteschön, erspart bleiben.

Nun begann der Streß erst richtig, wir waren den ganzen Tag im Einsatz. Sylvia mußte vier- bis fünfmal am Tag inhalieren. Danach war sorgfältiges Abklopfen dran, damit der durch das Inhalieren gelöste Schleim besser abgehustet werden konnte. Wir gaben die Medikamente vor, während und nach den Mahlzeiten und machten und taten. Jeden Mittag kam eine Krankengymnastin und turnte mit Sylvia nach Voyta. Nachts stand ich drei bis viermal auf und lauschte nach ihrem Atem. Und dann passierte es doch. Anfang Oktober bekam Sylvia ihren ersten Schnupfen. Kam da eine dicke, gelbgrüne und zähe Masse aus diesem winzigen Näschen. Wir ahnten den Braten noch nicht, sonst wären wir sicher sofort zur Ärztin gegangen.

Der nächste Tag war ein Samstag. Am Nachmittag fing Sylle an zu pumpen. Ihr Brustkorb zog sich bei der Einatmung zusammen und bei der Ausatmung weitete er sich wieder. Von da an wußten wir eigentlich was Sache war. Nur wir waren viel zu geschafft, um einzusehen, daß Sylle ins Krankenhaus gehörte. Am Montag rasten wir mit unserer inzwischen japsenden und kotzenden Tochter zur Ärztin, die uns auch umgehend ins Krankenhaus überwies. Hier wurden wir wie alte Bekannte begrüßt, was uns das Ganze unheimlich erleichterte, denn alle Ärzte kannten Sylvia. Doch es half alles nichts, Sylvia mußte auf die Intensivstation, denn das Röntgenbild hatte eine schwere doppelseitige Lungenentzündung gezeigt. Also wurde sie wieder verdrahtet und verkabelt. Als ich sie da liegen sah, nach Luft jappend und irgendwie eingefallen, kam mir das heulende Elend. Mußte das sein? Warum nur war ich damals aufgestanden? Verdammte Sch... Sylvia blieb zwei Wochen auf der Intensivstation.

Für uns hieß das, jeden Tag wieder den gleichen Streß wie kurz zuvor. Wir kamen damit relativ schnell klar, denn die alte Leier hatten wir noch gut im Kopf. Nach einer weiteren Woche auf der Normalstation konnten wir unser Kind wieder nach Hause holen. Nun wußten wir, daß wir ihr die Lungenentzündungen nicht ersparen konnten, wohl aber die Intensivstation, indem wir schon bei den ersten Anzeichen einer Erkältung sofort zur Ärztin gingen, um die nötigen Vorkehrungen zu treffen. Trotz aller Vorsichtsmaßnahmen konnten wir die nächsten Lungenentzündungen nicht verhindern, wohl aber die Intensivstation. Sie folgten im November 1986, im Januar, April und Oktober 1987 und im Januar 1988. Das letzte Mal lag sie nach einer Polypenentfernung im Januar 1989 für einen Tag im Krankenhaus. Danach bekam sie doch noch eine Lungenentzündung, mit der sie allerdings zu Hause bleiben konnte.

Sylvia hat sich heute zu einer fröhlichen, verschmitzten kleinen Dame entwickelt, die genau weiß, was sie will. Sie ist in ihrer Entwicklung noch weit zurück, hat aber gerade in diesem Jahr mächtige Fortschritte gemacht. Ihre beiden Schwestern akzeptieren sie so, wie sie ist, was nicht heißen soll, daß das Zusammenleben konfliktfrei verläuft. Gelegentlich setzt es auch Hiebe, wenn sie ihnen dazwischen funkt.

In den ersten beiden Jahren in der neuen Wohnung passierte auch noch so allerhand Alltägliches. Zum Beispiel denunzierten uns unsere lieben Mitbewohner beim Hauswirt, rieten ihm dringlichst, das Gesundheitsamt zu benachrichtigen, weil aus unserer Wohnung ein derartig penetranter Gestank das Treppenhaus verneble, daß man nur noch das Flurfenster geöffnet halten müsse, weil in unserer Waschküche verdreckte Wäsche auf der Leine hinge, na ja und überhaupt, wir haben ja nichts gegen Behinderte, aber doch bitte nicht bei uns. Der Hauswirt stand händeringend in unserer Wohnung und konnte es auch nicht fassen. Er ging dann zu jedem einzelnen Mieter und setzte ihn auf den Topf. Seitdem haben wir Ruhe.

Dann war da noch die Sache mit den Haushaltshilfen. Ich hatte zu Anfang arge Probleme zu sagen, was ich wie haben wollte. Trotz des Streßes mit Sylvia kam ich mir unfähig vor, unfähig für meine Familie ein gemütliches Zuhause zu schaffen. Aus heutiger Sicht sehe ich mich damals als routierendes Etwas ohne jeglichen Freiraum, als unfähige Mama und Partnerin, die nichts mehr auf die Reihe bekommt.

Heute hat sich unser Familienleben weitgehend entkrampft. Wir sind jetzt in der Lage, alles besser überschauen zu können. Daniela geht mittlerweile in die neunte Klasse, und die Schule macht ihr noch altersgemäß viel Spaß. Nina befindet sich jetzt in der fünften Klasse, und Sylvia besucht auch mit viel Spaß und Freude ihre Sonderschule. Wir haben jetzt parallel zu dieser Schule einen Antrag auf eine Integrationsklasse in der Glockseeschule gestellt. Die Glockseeschule ist eine staatlich anerkannte Alternativschule, die unsere beiden größeren Mädchen auch besuchen. In dieser Schule ist die Integration von Behinderten längst überfällig. Eigentlich ist so ein Antrag auf eine Integrationsklasse eine Farce, aber wenn die eben einen solchen Antrag haben wollen, dann sollen sie ihn kriegen. Dabei fällt mir daß Lied von Reinhard Mey ein: Einen Antrag auf 'nen Antrag auf ein Antragsformular. Kurz: Ich habe mit diesem Antrag ein relativ normales Schülerdasein für Sylvia beantragt, denn unser Alltag verläuft genauso normal. Die Sache mit der Integration ist ja ein äußerst windiges Ding, nicht wahr?

Zwischen diesem und dem vorhergehenden Satz liegt eine Zeitspanne von fast zwei Jahren. In dieser Zeit wurden zum Teil sehr böse Briefe und Artikel geschrieben, viele Telefonate gingen hin und her, heiße Diskussionen über Für und Wider Integration in dieser Schule wurden geführt. Kurz: Es war eine harte Auseinandersetzung, die sicherlich wichtig und nützlich war, auch wenn dabei vielleicht manches Wort weh tat oder unüberlegt ausgesprochen wurde. Zum Schluß wurden jede Menge Anträge an das Schulamt gestellt. Da war ein Antrag auf einen zusätzlichen dritten Lehrer aus dem Fach Sonderpädagogik, ein Antrag auf eine zusätzliche Sozial- oder Heilpädagogin, Sylvias Schulweg muß organisiert werden, und last but not least müssen Unterrichtsmaterialien neu beschafft werden. Sollten diese Anträge abgelehnt werden, ergeht Widerspruch per Rechtsanwalt.

Dank des neuen Niedersächsischen Schulgesetzes, in dem Integrationsklassen für alle Schulen festgeschrieben wurden, kann Sylvia ab dem Schuljahr 94/95 in die Glockseeschule überwechseln. Die Klasse ist noch nicht ganz klar, in welche sie eingeschult wird. Es stellt sich die Frage, ob sie als achtjährige noch mal zurück in die neue Erste kommen soll, was für Sylvia den Vorteil bieten würde, daß sie den anderen Kindern gegenüber einen kleinen Vorsprung hätte. Das hieße, ihre Behinderung fällt nicht gleich so auf. Zum anderen treten durch Sylvia auch soviele Neuheiten innerhalb der Klassenstruktur auf, daß ich in dieser Hinsicht Schwierigkeiten auf die gesamte Klasse zukommen sehe, wenn Sylvia in die neue Zweite oder gar in die neue Dritte käme. Da sind dann schon sämtliche Freund- und Feindschaften geschlossen. Ein neues Kind, das dazu noch mit einer Behinderung kämpfen muß, hat dort meines Erachtens nach überhaupt keine Chance. Ich weiß zwar, daß Sylvia niemals auf die Uni gehen wird, ich gehe aber trotz allem davon aus, daß sie auch ein gewisses Maß an kognitiver Lernfähigkeit besitzt. Sie ist in ihrer Aktivität, was den lebenspraktischen Teil betrifft, ein As. Ich kann sie ohne Weiteres in der Küchenarbeit einsetzen und ihr hier sämtliche anfallenden Arbeiten auftragen. Sie erledigt diese mit viel Freude sauber, richtig, geschickt und logisch. Hin und wieder hat sie auch keine Lust dazu. Das sagt sie mir dann auch. Ein anderes Phänomen an ihr ist ihre Musikalität. Sie singt und klatscht und hält den Takt, variiert und kolloriert. Einfach toll. Ich finde das auch manchmal einfach nervig. Zumal ich nicht so einen starken Zugang zur Musik habe. Besonders dem Heino tun diese Geräusche in den Ohren sehr weh, weil sie durch die starken Hörgeräte geradezu schmerzhaft verstärkt werden. Wenn es ihm zu bunt wird, nimmt er seine zweiten Ohren einfach heraus und schon hat er seine Ruhe. Darum beneide ich ihn manchmal, denn ich könnte auch diese Ruhe gebrauchen. „Musik wird störend oft empfunden, derweil sie mit Geräusch verbunden." Aber Sylvia ist glücklich und das ist wichtig.

Zwischen diesem letzten Satz und dem jetzt folgenden Abschnitt liegt eine Zeitspanne von ungefähr einem Vierteljahr. Und jetzt ist es wirklich passiert. Die Anträge sind wirklich abgelehnt worden. Folgende

Voraussetzungen müßten nach Meinung der Gesamtkonferenz gegeben sein, um eine Integrationsklasse an der Glocksee-Schule einrichten zu können: Die allgemeine Unterrichtsversorgung der Schule soll dem Standard der hannoverschen Schulen entsprechen. Für die Klasse, in die unsere Tochter aufgenommen wird, ist eine durchgängige Doppelbesetzung erforderlich, die sich folgendermaßen zusammen setzen soll: ein Team (ca. vierzig Wochenstunden), wie für jede andere Grundschulklasse an der Schule, dazu eine Sonderschullehrkraft mit halber Stundenzahl und eine ständige Betreuungsperson (Heil- oder Sozialpädagogin). Begründet wird diese Forderung mit der außergewöhnlich hohen Anwesenheitszeit der GrundschülerInnen, der hohen Klassenfrequenz (22) und mit der besonderen Konzeption der Schule. Außerdem sind Angebote im psychomotorischen und sprachtherapeutischen Bereich laut Gutachten erforderlich (zwei Wochenstunden). Diese Maßnahme sollte zunächst auf vier Jahre begrenzt werden. Da an dieser Schule räumliche oder zeitlich relativ offene Strukturen vorherrschen und niemand weiß, wie Sylvia, die diese Freiheiten vom Kindergarten und ihrer jetzigen Schule nicht kennt, darauf reagiert, ist die Forderung nach einem personell besonders gut ausgestatteten Team berechtigt. Sie braucht eine Person, die sie durch den Unterricht begleitet. Nun ist es die Frage, ob diese Person wirklich den ganzen Tag dabei sein muß oder ob sie nur in bestimmten Fächern wie zum Beispiel Mathe, Deutsch und Sachunterricht diese Unterstützung braucht. Ich denke, in Fächern, wie Musik, Sport, und Hauswirtschaft kommt sie auch alleine klar, denn diese Dinge mag sie einfach gern. Auch die unterrichtsfreie Zeit wird sie nach einer gewissen Eingewöhnungszeit bewältigen, denn die lebenspraktischen Dinge beherrscht sie alle. Bis zum Sommer kann sie auch schwimmen.

Eigentlich wäre Sylvia gar nicht das einzige behinderte Kind an der Schule, denn es gibt noch andere Kinder mit einer Beeinträchtigung. Das eine Kind hat eine Stoffwechselkrankheit, das andere ist stark sehbehindert, wiederum ein anderes Kind zieht ein Bein nach. Die Eltern dieser Kinder haben aber nie einen Behindertenausweis für ihre Kinder beantragt. Folglich sind sie von Amts wegen nichtbehindert, nach dem Motto: Was nicht sein darf, ist auch nicht. Sie möchten für ihre Kinder keinen Behindertenstatus. Ok, das kann ich mir noch vorstellen, obwohl ich es nicht gut finde, denn diese Kinder haben nun mal ein Handicap. Wenn die Schule jetzt diese Kinder zusammenfassen könnte und sagen würde: Für diese Kinder plus Sylvia brauchen wir einen zusätzlichen Sonderschullehrer, dann wären die Aussichten auch größer, einen zu bekommen. Schwierig wird für Sylvia das möglicherweise ablehnende Verhalten der anderen Kinder. Sylvia ist in der jetzigen Klasse fest integriert und hat dort eine Freundin. Nur nach der Schule ist sie wieder auf sich gestellt und nervt ihre beiden älteren Schwestern. Und sie kann nerven. Na gut, das wird sich in der Glocksee-Schule auch nicht von heute auf morgen ändern, aber zumindest hätten die drei dann eine Gemeinsamkeit, über die sie zusammen reden könnten und sei es auch nur über die „blöden" Lehrer.

Sylvia reagiert zu Hause immer dann normal, wenn sie das Gefühl hat, ernst genommen zu werden, denn sie fühlt, daß sie eine andere Schule mit anders gearteten Kindern besucht, und sie merkt auch, daß sie darüber nicht soviel erzählen kann, weil es die anderen nun mal nicht so spannend finden, daß der eine Junge in der Klasse die Freundin gehauen hat. Deswegen glaube ich, daß ein Schulwechsel ihre gesamte Entwicklung sehr positiv beeinflussen wird.

Ich sehe natürlich auch die Seite der LehrerInnen. Natürlich sind sie mit Arbeit voll ausgelastet. Aber daß viel zu wenig Lehrkräfte eingestellt werden, ist nun wirklich nicht Sylvias Problem. Das Prinzip des selbstregulierten Lernens finde ich gut. Bei den beiden anderen klappt es ja auch. Na gut, sie schimpfen zwar manchmal auf die „Scheiß"-Schule, aber sie gehen gern dorthin. Das einzige, was sie wirklich etwas stört, ist der weite Schulweg. Aber auch den nehmen sie in Kauf.

Inzwischen hat das Kultusministerium beschlossen, die Anträge abzulehnen. Daraufhin hat ein Gespräch mit der Schulrätin sowie den LehrerInnen und uns stattgefunden. Das Resultat dieser kleinen Konferenz war, daß wir Widerspruch einlegen und Sylvia noch ein Jahr an ihrer jetzigen Schule bleibt. Dem konnten oder mußten wir notgedrungen zustimmen. Genau dieses Jahr ist nun fast herum. Aber von einer Integration Sylvias kann keine Rede sein, denn wie wir so „hintenherum" erfuhren, wurden sämtliche neuen Integrationsklassen „eingefroren". Was immer das auch heißt.

Ein ganz normaler Alltag

Eigentlich dachte ich, die Zeit des Kämpfens sei nun für mich vorbei. Ich habe alles erreicht, was ich erreichen wollte. Mein Studium ist erfolgreich abgeschlossen. Endlich können wir die Familie aus eigener Kraft ernähren, denn ich habe einen unbefristeten Arbeitsvertrag und verdiene ganz ordentlich. (Wir müssen zwar immer noch auf unser Geld achten, aber das müssen schließlich alle, besonders die Leute, die Kinder haben.) Sylvia ist gesundheitlich auch fit. Die Schule war geklärt. Jetzt wollte ich mich ganz auf meine Arbeit konzentrieren, und nun fängt alles von vorne an. Ich habe keine Lust mehr auf diverse Kämpfe, aber wie ich die Sache sehe, ist die Zeit der Ruhe einfach noch nicht gekommen. Da wurden wieder tolle Gesetze geschaffen, deren Umsetzung an ganz simplen Mitteln wie dem nötigen Geld scheitert. Es wäre für alle wesentlich lukrativer, wenn sich die zuständigen Minister, bevor sie ein Gesetz wie das Gleichstellungsgesetz schaffen, mit ihren Finanzministern in Verbindung setzen und fragen, ob das, was sie beschließen wollen, finanziell überhaupt umsetzbar ist. Hier ein Auszug aus früheren Zeiten:

Unser Chaos beginnt um 6.30 Uhr morgens und endet allerspätestens 22.30 Uhr abends, nachdem ich wie eine Tote ins Bett plumpse und sofort in einen ähnlichen Schlaf falle. Dazwischen liegt eine Zeit, die unermeßlich anstrengend, aufregend, aber auch sehr schön ist.

Zuerst ist Daniela dran. Sie möchte genau um 6.30 Uhr geweckt werden. Das Kunststück an der Sache ist, daß ich selber erst mal durchkommen muß. Nachdem ich mich selbst mindestens zehn mal ins Kreuz getreten habe, schaffe ich es mühsam, aus dem Bett zu kriechen und tranceartig in ihr Zimmer zu schleichen. Nachdem ich Dani fünfmal gerufen, geschüttelt, gekitzelt, den Rücken gekrault und ihr zu guter Letzt, weil sie sonst gar nicht wach wird, die Decke weggezogen habe, was mir eine Salve spitzer Flüche entgegenbringt, ist sie endlich wach. Ihre jüngere Schwester, die neben ihr schläft, bekommt einen ungnädigen Tritt, was so viel heißen soll, wie, verzieh dich. Nina kennt das schon, schnappt ihre Decke und läuft in mein noch warmes Bett, kuschelt sich ein und schläft mit dem Daumen im Mund selig weiter. Dann wecke ich meinen Mann. Langsam wird auch Sylvia wach. Sie will sich sofort anziehen. Gut, ich gebe ihr ihre Sachen und lasse sie dieses selbst tun. Zwischendurch sehe ich nach Dani, damit sie rechtzeitig fertig wird. Sie geht in die vierte Klasse der Glockseeschule und hat einen sehr weiten Schulweg. Daß sie den allein bewältigt, finde ich enorm. Heino ist inzwischen auch wach und sorgt für das Frühstück. Dani hat mal wieder keine Lust zum Frühstücken. Sie mäkelt hier, sie meckert da. Der allgemeine Aufstehfrust hat auch sie ergriffen. Ich bringe sie gerade noch dazu, ein Glas Kakao zu sich zu nehmen, welches sie auch gnädig trinkt. Nun muß sie aber auch gehen, denn ihre Freundin wartet schon auf sie. Uff, als nächstes kommen Nina und Sylle dran. Bis man Nina zum Anziehen überredet hat, vergeht wertvolle Zeit, die sie eigentlich zum Frühstücken verwenden könnte, aber es gibt gerade morgens so viel zu meckern und maunzen. Erst paßt der Schlüpfer nicht, dann ist die pinkfarbene Strumpfhose gerade in der Wäsche, auch die pinkfarbene Cordhose ist in der Waschküche. Dann, oh Schreck, ist das Unterhemd irgendwie ausgeleiert und zum Schluß, oh Graus, paßt der pinkfarbene Pulli nicht zur türkisen Cordhose. Das ist wirklich ein Grund, sich fürchterlich zu ärgern und nicht mehr in den Kindergarten gehen zu wollen. Ich überlege mir, was ich tun soll. Sie läßt sich auf keine Alternativen ein. Rege ich mich auf, hat sie wahrscheinlich ihr Ziel erreicht, lasse ich sie einfach stehen, wird sie sich erfahrungsgemäß sicherlich irgendwann anziehen, nur, dann ist es für den Kindergarten zu spät, und genau das will sie ja erreichen. Also renne ich in die Waschküche, um nachzusehen, ob die gewünschten Kleidungsstücke schon sauber und trocken sind. Sie sind es. Schwitz! Nun zieht sie sich an, zwar langsam, aber ich kann nicht meckern. Sie hat sogar noch Zeit, ein Brot zu essen. Ich bin begeistert. Es ist viertel vor neun. Heino holt sein Fahrrad aus dem Keller. Ich stopfe die Kinder in die Jacken, Küßchen und los geht es in den Kindergarten.

Die Tür schließt sich. Völlige Ruhe umgibt mich. Ich atme auf. Ich setze mich an den Frühstückstisch, schenke mir eine Tasse Tee ein, genieße das Alleinsein und überlege, was an diesem Tag anliegt. Eigentlich nichts als das täglich neu nervende Einerlei. Vormittags Haushalt, nachmittags die Kinder. Dann beginne ich zu träumen. Entweder befinde ich mich in einem einsamen Blockhaus irgendwo in Alaska und genieße den Indianersommer. Natürlich habe ich meinen Buschflieger hinter meiner Hütte stehen, denn der gehört zu Alaska, wie das Fahrrad oder das Auto zu Deutschland. Oder ich mache gerade eine Expedition in die Antarktis und das Schiff befindet sich gerade in einem Eisblizzard. Diesen Traum habe ich immer an ganz heißen Sommertagen. Da es mit heißen Sommertagen hier in Deutschland nicht so üppig ist, träume ich von der Antarktis selten. Manchmal träume ich auch davon, daß ich mein Studium schon beendet habe und in einer guten Stelle arbeite. Dabei verdiene ich natürlich das „dicke" Geld. Der Traum vom „dicken" Geld wird wahrscheinlich nie in Erfüllung gehen. Um das „dicke" Geld näher zu definieren, muß ich sagen, was ich darunter verstehe. „Dickes" Geld wäre für mich zum Beispiel, mit meiner Familie jedes Jahr in den Urlaub zu fahren und dabei nicht ständig bei jedem Eis für die Kinder Bauchschmerzen zu kriegen oder bei Aldi in der Schlange vor der Kasse zu stehen. Nichts gegen Aldi, gut, daß es ihn gibt, aber an der Kasse stundenlang warten, können wir zu Hause auch.

Bin ich froh, daß bald das neue Semester an der Fachhochschule beginnt. Ich studiere im dritten Semester Sozialarbeit. Hier habe ich meinen Urlaub. Hier bin ich frei und ungebunden und darf nur für mich entscheiden. Das tut so gut. Nur wer Mut hat zu träumen, hat auch die Kraft zu kämpfen. Dieser Spruch stimmt von A bis Z. Ich kehre jedes Mal gestärkt und erholt an unseren Frühstückstisch zurück. Aber zurück zu meinem Alltag.

Nachdem Heino vom Kindergarten zurückgekommen ist, frühstücken wir gemeinsam in aller Ruhe und lesen dabei die Zeitung. Diese Zeit, es sind meistens zwei Stunden, ist uns beiden heilig. Denn es ist die einzige Zeit am Morgen, in der wir in der Lage sind, über bestimmte Sachen zu reden oder Unternehmungen zu planen, ohne daß uns ein Kind dazwischenplatzt. Wir haben diese Zeit, weil Heino arbeitslos ist und ich gerade Semesterferien habe. Vor meinem Studium war gerade diese Zeit am konfliktreichsten, da wir uns gegenseitig anödeten. Wir hingen nur müde wie schlaffe Säcke auf unseren Stühlen und warteten darauf, daß der andere was sagt. Wie ein altes Ehepaar nach fünfzigjähriger Ehe. Nur daß die eben schweigen, weil wirklich schon alles gesagt ist, was man sich zu sagen hat. Oh, wie beneide ich sie darum. Aber unser Zustand ging an die Substanz.

Aber nun haben wir unser Verhalten einigermaßen unter Kontrolle und können die Ruhe wieder genießen.

Nach diesem geheiligten Frühstück läuft der Tag auf vollen Touren, aufräumen, Staubsaugen, einkaufen, kochen, die Kinder wieder vom Kindergarten abholen. Ich habe das Gefühl, die Zeit rennt mir davon. Wir haben uns die Sachen aufgeteilt. Heino kauft ein und kocht (sehr gut), und ich versuche die Wohnung einigermaßen in Schuß zu halten. Zum Glück haben wir noch eine Haushaltshilfe, die uns dreimal in der Woche hilft. Sie übernimmt z. B. die Wäsche mit allem drum und dran, oder putzt unsere Fenster oder das Treppenhaus. Ohne sie wären wir aufgeschmissen. Das nicht ganz so fitte Kind ist unsere dreijährige Sylvia, ein Frühchen, das starke Lungenprobleme hatte und noch nicht in der Lage ist, diese zu kompensieren, das heißt, wir müssen aufpassen, daß sie sich nicht erkältet, was fast unmöglich ist. Die Belastungen von damals sind inzwischen soweit zurückgegangen, daß wir in der Lage sind, ein einigermaßen normales Familienleben zu führen.

Der Nachmittag vergeht meistens damit, irgendwelche Streitigkeiten zwischen Daniela (9) und Nina (6) zu schlichten. Die beiden brauchen sich an manchen Tagen nur in die Augen zu sehen, und schon bricht die helle Wut aus. Das sind Situationen, in denen ich mir die Kräfte eines Bären wünsche, um noch einigermaßen gesittet damit umzugehen, statt dessen bin ich auch am Keifen. Das hilft den beiden natürlich überhaupt nichts. Und so geht der Zwergenaufstand in unverminderter Härte und Brutalität weiter. Das sind Augenblicke, in denen ich meine Sprachbehinderung besonders hasse. Wenn ich jetzt ruhig bleiben und mit den beiden den Streitpunkt vernünftig und sachlich klären könnte, wäre uns schon viel geholfen. Statt dessen rege ich mich fürchterlich auf, spaste rum und kriege kaum ein Wort heraus, und so passiert es mir leider immer wieder, daß mir trotz allen Wissens um geschwisterliche Beziehungen die Hand ausrutscht und leider immer die Große trifft, obwohl ich genau weiß, daß Nina sie auch ganz schnell auf die sprichwörtliche Palme bringen kann. Nach diesen Crash's beruhigen sich die beiden wieder und spielen friedlich weiter, oder Dani fährt zu ihrer Freundin. Warum rege ich mich eigentlich noch auf? Diese Frage stelle ich mir immer wieder. Nun spielen Nina und Sylvia zusammen mit ihren Legos.

Sylvia und Nina sind ein friedfertiges Duo. Wenn die beiden zusammen sind, hört man nichts. Diese Ruhe, herrlich. Vielleicht könnte ich mich noch ein Stündchen hinlegen? Ich sage es den Kindern und Nina verspricht bereitwillig, auf Sylle zu achten. Heino ist in die Stadt gefahren, um noch etwas zu erledigen. Ich liege kaum, schon ertönt aus dem Kinderzimmer Indianergeheul. Nina versucht in eigener Regie, die Dinge zu meistern, aber Sylle will zu Mama. Nun versucht sie auch noch, sich dafür zu entschuldigen, daß sie es nicht allein geschafft hat, Sylle zu trösten. Liebe, liebe Nina. Sylvia hat sich gestoßen. Ich nehme sie kurz in den Arm und schon ist sie ruhig. Dann gebe ich Nina noch einen Kuß und nun kann ich schlafen.

Nach zehn Minuten klingelts Sturm. Ich sitze vor Schreck im Bett. Nina rennt zur Tür und öffnet. Das kann nur Dani sein. Sie stürmt herein und hetzt an den Fernseher. Doch dieser ist abgeschlossen, was einen fürchterlichen Wutanfall nach sich zieht. Nachdem sie Nina erst mal eine gewatscht hat (hat sie da nicht eben ein hämisches Grinsen auf dem Mund ihrer Schwester wahrgenommen), verzieht sie sich tödlich beleidigt in ihr Zimmer und verleiht ihrer Laune noch dadurch

Ausdruck, daß sie die Tür ordentlich zuknallt. Endlich ist es 18.00 Uhr. Jetzt kommt die „Sesamstraße". Doch die interessiert Dani überhaupt nicht. Sie möchte gerne „Knightrider" sehen, aber das eignet sich leider überhaupt nicht für Nina und Sylle. Wieder ein Grund, um auf die beiden jüngeren Schwestern sauer zu sein. Das sehe ich ja ein. Aber die Mehrheit entscheidet. Also Sesamstraße.

Nach dem Abendbrot geht Sylvia zuerst ins Bett. Dieser Vorgang spielt sich noch einigermaßen problemlos ab. Unsere Sylle ist nach so einem Tag mit uns am Abend völlig fertig und schläft sofort ein. Die nächste wäre theoretisch Nina, dann hätten wir noch eine Stunde (herzlich wenig) ganz allein für Dani übrig, um mit ihr noch einmal über den vergangenen Tag zu sprechen, aber nein, die beiden bestehen darauf, zusammen zu schlafen. Also gehen die zwei zusammen um halb neun ins Bett. Das ist für die Große ein bißchen zu früh und für Nina um einiges zu spät, aber für uns ein annehmbarer Kompromiß. Am Abend sind wir froh, wenn das Zubettgehen nicht in ein allgemeines Affentheater ausartet. Wir hatten da auch schon schlimmere Zeiten erlebt, in denen Daniela meistens „nach uns" einschlief. Von der Seite aus betrachtet, können wir da jetzt sehr zufrieden sein.

So bleibt für uns noch ein bißchen Zeit, um zu lesen oder miteinander zu reden oder auch fernzusehen. Fernsehen hat für mich den Nachteil, daß ich sehr schnell in meinem Sessel einschlafe. Aber das Problem haben wir jetzt auch nicht mehr. Wir hatten nach einiger Zeit das Gefühl, der Fernseher überfordert unsere Kinder so enorm, daß wir ihn, als er nach einiger Zeit der totalen Überlastung nicht mehr wollte, weder reparierten noch einen neuen kauften. Jetzt sind die Abende zwar nicht unbedingt ruhiger, aber die Kinder schlafen besser. Ich weiß natürlich, daß sie in Puncto Fernsehen trotzdem auf ihre Kosten kommen, nur das müssen wir nicht verantworten.

Mein Studium

Mit diesem Studium erfüllte ich mir einen lang gehegten Wunschtraum. Nachdem ich den zweiten Bildungsweg bis ans Ende gegangen bin und wir familiäre Hemmnisse einigermaßen aus dem Weg geräumt hatten (die Kinder waren in der ganztägigen Schule oder Kindergarten untergebracht), konnte ich endlich mit dem Studium beginnen. Eigentlich wollte ich ja gar nicht Sozialarbeit studieren, sondern Geologie und mich mit Vulkanismus, Seismologie, Kontinentaldriftung und ähnlichen hochinteressanten Themen beschäftigen. Der Stein, der mich ins Stolpern brachte, war die Mathematik und die Naturwissenschaft schlechthin. Hier liegen meine Schwächen und Unbegabungen. Ein Sozialarbeiter muß natürlich auch rechnen können, zum Beispiel diverse Rentenberechnungen in der Altenarbeit. Aber das läßt sich alles noch lernen. Zu höherer Mathematik hingegen habe ich leider keinen Zugang.

Ein anderer Gesichtspunkt war natürlich auch meine Behinderung. Ich kenne schon sehr viele behinderte Sozialarbeiter, die mir das Studium in den rosigsten Farben schilderten. Obwohl der Beruf des Sozialarbeiters oder der Sozialpädagogin ein reiner Sprechberuf ist und ich in dieser Branche eigentlich nichts zu suchen habe, immatrikulierte ich mich an der Fachhochschule in

Hannover. Meine Trotzphase hält immer noch an. Warum sollte ich irgend etwas Langweiliges studieren? An eine Arbeitsstelle nach dem Studium glaubte ich erst mal sowieso nicht. Mein Ziel war das erste Semester zu schaffen, dann das Zweite, danach das Dritte. Nach dem Grundstudium (drei Semester) wäre ich zumindest Erzieherin. Das ist zwar auch ein reiner Sprechberuf, aber ich dachte mir, warum sollen behinderte Kinder nicht von behinderten Erziehern betreut werden. Die wissen doch am besten, wo es später einmal „langgeht", und können diese Kinder auf ihren schwereren Lebensweg anhand der eigenen Erfahrungen vorbereiten. So studierte ich mehr oder weniger lustig vor mich hin und war nach so mancher Vorlesung arg geschafft, weil sie sich sehr mit mir selbst beschäftigt haben. Das heißt, der Stoff, der vermittelt wurde, ging mir sehr nahe. Sehr nahe kann nur etwas gehen, wenn es von der betreffenden Person noch nicht genügend be- oder verarbeitet und hinterfragt wurde. Das waren Themen, die sich mit dem Tod beschäftigten oder mit Behinderungen. Gerade hier werden klare Grenzen gesteckt. Das kann ich mir anhören und das nicht. Immer wieder geht es darum, wo stehst du? Hast du hierzu eine klare Meinung, die du auch deinem Klienten gegenüber vertreten kannst? Hier wurde nach der Professionalität gefragt. Nur so kann der Sozialarbeiter arbeitsfähig sein und bleiben. Kann er das alles nicht, entwickelt er bald das Burn-out-Syndrom. Er, Verzeihung, sie natürlich auch, fühlt sich ausgebrannt und leer. Der Zusammenbruch naht.

Auch wenn ich manchmal ausgepumpt wie ein Maikäfer in irgendeiner Ecke saß, diese Seminare brachten mir sehr viel Erfahrungen mit mir selbst ein. Nach einiger Zeit wußte ich auch, was ich mir zutrauen konnte. Das war nicht so sehr viel. „Schuld" daran war natürlich wieder die Behinderung, die Belastung zu Hause und schließlich bin ich auch schon über vierzig. Den Faktor Alter übersehe ich noch immer. Man ist mit 41 keine zwanzig mehr. Am meisten Spaß machte mir das Erstellen verschiedener Hausarbeiten, an deren Ende zwar immer Streß stand, weil sie ja zu einem bestimmten Termin abgegeben werden mußten, aber sie brachten mir sehr viele Spezialkenntnisse über ein bestimmtes Thema. Das Recht auf Zeitverlängerung räumte ich mir nicht ein, obwohl wirklich jeder Professor mir dieses ohne weiteres gewährt hätte. Aber dazu war ich zu stolz. Nach vier Wochen reiner Schreibzeit hatte ich auch die Nase voll und wollte fertig werden. Außerdem sind meine Gliedmaßen behindert, nicht aber mein Kopf. Der war genauso leistungsfähig oder fähiger als so mancher anderer. Und so schaffte ich mein Studium, und keiner war erstaunter darüber als ich selber. Als es auf das Examen zuging, suchte ich mir ein Thema, das ich irgendwie für später gebrauchen konnte, und so verglich ich das deutsche Schwerbehindertengesetz mit dem amerikanischen Antidiskriminierungsgesetz. Das war eine spannende Sache.

Nach dem Examen schloß sich noch ein einjähriges Berufspraktikum in der Jugendgerichtshilfe an. Dieses Praktikum war für mich das lehrreichste und lernintensivste überhaupt. Lehrreich deshalb, weil ich den ganz normalen harten Acht-Stunden-Berufsalltag kennenlernte. Ich mußte mich mit Richtern auseinandersetzen, die Behinderte nur vom Hören und Sagen, bestenfalls aus dem Fernsehen kannten. Wenn ich mir vorstelle, ich müßte mit diesen Leuten zusammenarbeiten, dann wüßte ich wirklich nicht, wie das zu schaffen wäre. Es gab allerdings auch zwei nette Richterinnen, die mich wenigstens grüßten oder mir zulächelten. Na ja, ich war ja auch nur Berufspraktikantin, Frau und Behinderte. Was solls denn.

Mir gingen die Lebensgeschichten so mancher Jugendlicher verdammt nahe. So nahe, daß ich sagen möchte, nicht der Jugendliche ist an der Tat schuld, sondern die Begleitumstände, die ihn erst dahingebracht haben, sich so zu entwickeln. Schuld hat auch nicht nur das verdorbene Zuhause, sondern Schuld sind die Begleitumstände, die dieses Zuhause verdorben haben. Auch Eltern hatten Eltern, deren Begleitumstände z. B. der Krieg war. Aber Krieg ist nur *ein* entscheidender Grund für Entwurzelungen, aber nicht der einzige. Um dieses Thema erschöpfend auszudiskutieren, müßte ich noch Soziologie, Geschichte, Psychologie, Theologie und Philosophie studieren. Einige Richter kamen mir vor wie Moralapostel. Es war schon klar, einige Jugendliche brauchten auch mal den erhobenen Zeigefinger, aber als sie hinterher den Gerichtssaal verließen, haben sie schallend laut losgelacht. Also, was solls denn. Leute, verändert das Leistungssystem und gebt den jungen Menschen einen guten Grund, sich vernünftig zu verhalten, dann werden sie es auch tun. Als erstes würde ich an eine gute Ausbildung denken. Ausbildung fängt eigentlich schon in der Schule an. Die Schule hat nach der heutigen Sachlage die wichtige Aufgabe, den Lernwillen der Schülerschaft zu erhalten. Statt dessen driften die älteren Schüler in die totale Lustlosigkeit und Gleichgültigkeit ab. Das heißt, die SchülerInnen wenden sich an die, die ihnen sagen, wo es langgeht. So etwas hatten wir schon mal. Die meisten Leute scheinen das vergessen oder besser gesagt mit Erfolg verdrängt zu haben. Aber ich will nun nicht, wie unser Herr Ministerpräsident, über die LehrerInnen herziehen. Pädagoge zu sein, ist heutzutage ein harter Job. Ich sehe nur die Gefahr, daß sich so manche(r) LehrerIn aus Überlastung in die Privatheit zurückzieht und seinen/ihren Unterricht nur noch nach Schema F herunterleiert. Die Kraft eines Menschen ist schließlich nicht unerschöpflich. Deshalb finde ich Einsparungen im Schulbereich unverantwortlich. Unverantwortlich gegenüber den Kindern und Jugendlichen, unverantwortlich gegenüber der Lehrerschaft, der Wirtschaft, der Gesellschaft und dem Staat. Eines Tages wird sich die Katze in den eigenen Schwanz beißen.

Am lernintensivsten war das Praktikum deshalb, weil ich einen Einblick in die Arbeit der Stadtverwaltung bekam. Ich lernte die einzelnen Bereiche und Zuständigkeiten kennen. Dazu gehörte, welches Amt für welchen Personenkreis seine Kompetenzen hatte. Der Jugendgerichtshelfer muß auch genau wissen, wo er den Jugendlichen hinschicken kann, wenn er vor Gericht irgendwelche Hilfsdienste oder Geschenkauflagen vorschlägt. Denn das will der Richter von ihm oder ihr wissen. Zum Praktikum gehörte auch die Bewältigung eines riesigen Aktenberges oder Aktenhimalajas. Manchmal ging mir echt die Puste aus. Dann hatte ich absolut keine Lust mehr dazu. Aber ich mußte ja weitermachen, sonst hätten wir kein Geld mehr gehabt. Um dieses Thema abzuschließen, muß ich sagen: Es war ein hartes Jahr, nicht nur für mich, sondern auch für meine Familie. Wenn Mama unter Prüfungsstreß steht, ist nicht gut mit ihr Kirschenessen.

Als sich eine daran anschließende Arbeitslosigkeit abzuzeichnen begann, dachte ich ernsthaft über ein

Aufbaustudium im Fach Sonderpädagogik nach. Aber dabei ist es auch geblieben, denn meine Chancen, als Sonderpädagogin Arbeit zu finden, sind angesichts leerer Kassen und meiner Behinderung auch nicht größer als jetzt als Sozialarbeiterin/-pädagogin. Ich qualifiziere mich nur über, wofür ich niemals entlohnt werde. Manchmal denke ich, als behinderte Putzfrau hätte ich viel eher Chancen und Möglichkeiten, mit einer Arbeitsassistenz in ein Arbeitsverhältnis zu gelangen.

Es geht aufwärts

Nun hat sich etwas für mich ergeben, womit ich überhaupt nicht gerechnet habe. Ich werde in einem Verlag, für den ich hin und wieder mal etwas geschrieben habe, einen Arbeitsversuch starten. Dem Ganzen ging eine Hospitation voraus, um zu sehen, ob dieser Job meinen Vorstellungen entspricht. Ich kann sagen, das tut er. Nach Absprache mit dem Personalchef und dem Arbeitsamt wird mir dort ein behindertengerechter Arbeitsplatz eingerichtet und ebenso „behindertengerecht" bezahlt. Laut Gesetz besteht für Arbeitgeber, die einen Behinderten einstellen, die Möglichkeit, für ein halbes Jahr 100% des Bruttogehaltes vom Arbeitsamt im Rahmen einer Reha-Maßnahme erstattet zu bekommen. Danach wird im ersten Jahr 80%, im zweiten Jahr 70% und im dritten Jahr 60% vom Arbeitsamt übernommen.

Was mich daran so stört, ist die Tatsache, daß dem einstellungswilligen Arbeitgeber nun auch noch eine Menge zusätzlicher Arbeit aufgebürdet wird. Er mußte für mich jede Menge Anträge stellen, damit er das Geld bekommt. Ich denke, dafür müßte eigentlich meine

Unterschrift unter dem Arbeitsvertrag ausreichen. „Von der Wiege bis zur Bahre, Formulare, Formulare." Was wären wir Deutschen ohne sie.

Dann wurde für mich ein Wahnsinnscomputer und ein Drucker beantragt. Dieser Antrag muß nun vom Landesversorgungsamt genehmigt werden. Da das alles mit enormen Kosten verbunden ist, wird meine Einstellung wohl noch dauern. Dieser Computer wird aus der Kasse bezahlt, in die die Arbeitgeber ihren Freikauf einzahlen. In diesem Topf müssen „Milliardenbeträge" herumliegen. Vor Mai rechne ich nicht mit einer Einstellung, aber dieser Computer ist nun mal mein Werkzeug, den ich in diesem Beruf brauche. Leider scheint das deutsche Verwaltungsrecht derartig kompliziert zu sein, daß niemand, auch nicht im entferntesten durchblickt, wer nun welchen Antrag an wen zuerst schicken muß, damit die Stelle, die gerade im Interesse des mündigen Bürgers oder der Bürgerin arbeiten soll, auch arbeiten kann. Zur Zeit frage ich mich: „Wer war zuerst da, das Huhn oder das Ei?" Hier eine Sinnfrage zu stellen, ist überflüssig, denn es gibt keinen. Da habe ich mir endlich eine Stelle quasi erarbeitet, das Ganze nach einer dreizehnjährigen Arbeitslosigkeit mit sich daran anschließendem Studium und chronischer Geldnot, drei Kindern „am Hals", Berufspraktikum, sich verschärfender Geldnot, und dann kommen die Leute nicht in die Pötte. Was sagen Sie dazu, Herr Franke? Warum muß ich mich ständig darum kümmern, daß andere Leute ihre Arbeit tun. Ich schlage deshalb eine Reform des Verwaltungsrechtes im Sinne einer Vereinfachung vor: Jeder Verwaltungsmensch absolviert ein Grundstudium in Germanistik. Ich bin sicher, dann werden die Verwaltungsgesetze und Verordnungen auch für den deutschunkundigen deutlich und logisch, und auch der Bundeskanzler steigt durch seine Einkommensteuererklärung.

Trotzdem freue ich mich auf meinen neuen Beruf. Genau gesagt, Beruf Nr. 4, nach Bürokaufmann, Dipl. Sozialarbeiterin/-pädagogin, Schriftstellerin nun noch Druckvorlagenherstellerin. Ade, akademischer Titel, in der heutigen Zeit ist nur noch eines wichtig, daß man seine Familie aus eigener Kraft finanzieren kann, gerade jetzt, wo ständig Unterstützungen vom Staat gestrichen werden. Dieser Staat verursacht Mißstände, um sie dann im Wahlkampf wieder zu revidieren. Klar, wenn alles geregelt ist, gibt es nichts, womit man sich wieder profilieren kann. Das ist Wahlkampf, wie er im Buche steht.

Eine andere Geschichte, die mir auch zu Schaffen macht, ist mein „hohes" Alter und meine fehlende Berufserfahrung. Für einen Berufseinstieg bin ich verdammt alt. Ich glaube, es wird für mich sehr schwer werden, im Kollegenkreis die richtige Anerkennung zu erhalten, weil die zwar genauso alt sind wie ich, aber es sind schon alte ausgebuffte Berufshasen, die wissen, wo es langgeht. Mein Studium wird mir immer von Vorteil sein, auch wenn ich nicht direkt als Dipl. Sozialarbeiterin/-pädagogin arbeite. So habe ich mir die Kompetenz geschaffen, genau zu wissen, wovon ich schreibe, was ich natürlich auch beruflich ausnutzen werde. Ich zähle mich zu den wenigen schreibenden Sozialarbeitern in Deutschland.

Seit dem 2. Mai arbeite ich. Jetzt hat es endlich geklappt. Die ersten zwei Wochen waren noch ganz hart, sowohl für mich als auch für die Familie. Wir alle mußten uns gewaltig umstellen. Ich fragte mich immer wieder, ob ich das wohl durchhalte. Immerhin stehe ich jetzt um 5.30 Uhr auf, um noch genügend Zeit zu haben, die Kinder und den Partner zu wecken, gemütlich zu frühstücken, die Blumen zu gießen, Streicheleinheiten zu verteilen und zu empfangen und trotzdem nicht zu spät zu kommen.

Mein Job bedeutet gerade für Sylvia, die morgens ein großes Schmusebedürfnis hat, eine empfindliche Umstellung, denn so lange, wie sie es braucht, kann ich nicht mit ihr kuscheln. Sie hat auch lange Zeit nicht begriffen, daß sie noch weiterschlafen kann, auch wenn ich schon aufstehe. Weiterschlafen ist für sie etwas Ehrenrühriges. Dann ist sie nicht dabei, und das geht nicht. Da hilft es auch nicht, daß ihre Geschwister und der Papa noch tief und fest schlafen. So hat sie mich wenigstens noch eine Stunde ganz für sich allein. Das ist alles Berechnung. Gut, daß diese Rechnung aufgeht. Andererseits ist es auch nicht leicht, am frühen Morgen schon ein nöliges, müdes Kind zu ertragen, ohne aus der Haut zu fahren. Nach zwei bis drei Wochen hatte sie kapiert, was es mit Zeit auf sich hatte. Nun legt sie sich nach fünf Minuten wieder hin, oder sie schläft ganz durch, bis ich sie, kurz bevor ich gehe, aufwecke. Ganz ohne genügend Streicheleinheiten an die Kinder und den Partner zu verteilen und natürlich auch selber zu erhalten, komme ich morgens nicht weg. Das ist auch gut so.

Dani und Nina kommen ganz gut mit der Situation klar, daß ich jetzt morgens noch vor ihnen das Haus verlasse. Nur manchmal habe ich ein schlechtes Gewissen, weil ich das Gefühl habe, daß ich mich zu wenig um sie kümmere.

Für meinen Partner sieht der Tag nun auch ganz

anders aus. Er muß sich um den Haushalt allein kümmern. Da gibt es eine Menge zu tun. Allein die Wäsche nimmt einen ganzen Tag in Anspruch. Dazu kommen die eigenen Interessen, die auch ihren Raum brauchen. Er arbeitet an einer Selbsthilfezeitung mit, d.h. alles das, was ich jetzt in meinem neuen Job erst lernen muß, das betreibt er profimäßig ohne Ausbildung zu Hause. Nur ich bekomme Geld dafür, er nicht, weil diese Zeitung ein Kurs der VHS ist. Diesen Tatbestand finde ich ungerecht, denn den gleichen Streß, den ich hier bei meinen Kollegen sehe, die diesen ohne Haushalt, Kinder und Behinderung als zusätzlich erschwerende Komponente haben, den hat er auch. Neben dieser Tätigkeit spielt er noch Theater und tanzt. Das heißt, er schreibt Gedichte, kleine Szenen und Sketche zum Thema Behinderung und führt sie auch auf. Seit längerem tanzt er auch nach einer neueren Tanzform, die aus Amerika kommt. Sie heißt „Dance Ability", die auch für Schwerstbehinderte geeignet ist. Sie ist gerade deshalb für Schwerstbehinderte geeignet, weil der Ausgangspunkt der Bewegungen der eigene Körper ist. Basis dieses Tanzes ist die Kontaktimprovisation, bei der zwei oder mehrere in mehr oder weniger intensivem Körperkontakt miteinander tanzen und dieses ohne irgendwelche Vorgaben von Schritt- und Bewegungsmustern. Es liegt auf der Hand und dem Fuß, daß hierdurch vielen Behinderten tänzerische Ausdrucksmöglichkeiten geboten werden, die sie selbst für sich nie gesehen haben. „Was kann ich als Spastiker mit meinem Gezappel schon ausdrücken?" Mein Freund machte immer wieder die Erfahrung, welche unglaublichen Möglichkeiten in dieser Tanzform stecken. Unglaublich deshalb, weil hier etwas verwirklicht wird, wovor man sich im normalen Alltag gern drückt: das bedingungslose Annehmen und die volle Integrität des behinderten Körpers auf beiden Seiten. Hier bestimmt nicht der eigene uneingeschränkte Bewegungsdrang der leichter Geschädigten die Qualität des Tanzes, sondern das Sich-Aufeinander-Einlassen, die Konzentration auf die primären Ausdrucksmöglichkeiten des schwerbehinderten Tanzpartners. Wer wegen einer Querschnittslähmung nur seinen Kopf bewegen kann, konzentriert seinen Ausdruck eben darauf und kann im Einklang mit anderen etwas zum gemeinsamen Tanz beitragen, ohne getanzt zu werden. Seine Aufführungen waren bis jetzt immer ein voller Erfolg.

Zur Zeit fasse ich meine Arbeitsstelle hier als Urlaubsstelle auf. Ähnlich war mein Feeling an der Fachhochschule. Ich merke, wie ich seelisch wieder auftanke. Kein Paar kann zwanzig Jahre jeden Tag „zusammenhocken", ohne sich dabei gründlich auf den Geist (so dieser überhaupt vorhanden ist) zu gehen. Er sagt zwar immer, er sei zufrieden mit seiner Situation, aber so ganz nehme ich ihm das nicht ab. Ich komme darauf, weil immer dann, wenn wir uns eigentlich gemütlich unterhalten wollen, es erst mal herbe Vorwürfe regnet, du hast dieses nicht gemacht, deshalb konnte ich jenes nicht tun usw. Gewiß, ich bin kein Organisationstalent, aber er macht doch auch Mist. Nur ich merke mir diesen Quatsch nicht so akribisch, das heißt, ich verdränge ihn. Aber weh tun sie trotzdem. Bei mir äußert sich dieses Verdrängen in sexuellem Desinteresse. Das ist zwar auch großer Käse, aber erst mal nicht zu ändern.

Aber auch während des Studiums gab es ständig Querelen und Ärger, die zum einen mit dem ständig fehlenden Geld zusammenhingen, andererseits aber auch damit, daß er sich nur auf seine Rolle als Hausmann und Familienvater reduziert fühlte, während ich STUDIERT und dadurch unser Familieneinkommen deutlich geschmälert habe. Eine Stelle als Sozialarbeiterin bekäme ich sowieso nicht. Hinzu kam noch, ich hätte ihm jetzt die drei Kinder an den „Hals gehängt". Wenn ich jetzt gemein wäre, würde ich zurückschießen und sagen: „Hättest du dich eher sterilisieren lassen, was du eigentlich immer vorhattest, dann wäre Sylvia nicht da. Statt dessen habe ich mich nun sterilisieren lassen. Trotzdem geht es mir nach einem langen Acht- oder Neun-Stunden-Tag irre gut. Abends bin ich zwar ausgepowert, aber total zufrieden mit mir selbst. Das ist ein wahnsinniges Gefühl.

Vier Monate später

Inzwischen fühle ich mich nicht mehr so fit wie ein Turnschuh, sondern eher wie eine ausgelatschte Lederschlappe. Die Arbeitszeit war nicht das Problem, sondern, daß ich meinen Job nicht behalten kann. Ich glaube, daß bei Behinderten die körperliche Anstrengung eher positiv zu Buche schlägt, die psychische Anstrengung den körperlichen Effekt aber sofort wieder aufhebt. Eine Aufgabe zu haben, an der man sich abarbeiten kann, ist gerade für Menschen mit Handikaps jeglicher Art von außerordentlicher Wichtigkeit. Diese „Wichtigkeit" müßte natürlich auch so bezahlt werden, daß der betreffende Mensch davon leben kann. Aber gerade hier liegt der „Casus Knacktus". Am Geld scheitert letztlich alles.

Ich habe hier keinen Mist gebaut, sondern es war laut Aussage meines Chefs von vornherein ein Arbeitsversuch (das hatte ich nur leider nie so verstanden), der dreieinhalb Jahre hätte dauern können, wenn ich von vornherein etwas Vorkenntnisse gehabt hätte. Ich fand diese Arbeit auch sehr interessant. Aber meine Einarbeitung gestaltete sich wohl zu kompliziert. Ich bin nun mal kein Computerfreak, aber ich weiß, daß ich es gelernt hätte, wenn ich etwas mehr Zeit zur Verfügung gehabt hätte. Die ersten vier Monate wurden mehr oder weniger sinnlos vertan. Ich bekam Texte zum Abschreiben. Erfassen nennt sich das. Oder irgendwelche redaktionellen Hilfsarbeiten, zum Beispiel Autorenlegenden schreiben oder die Ablage führen, okay, wenn ich als Redakteurin angelernt werden sollte, hätte ich dieses ja noch eingesehen. Aber in meinem Arbeitsvertrag stand der Beruf der Druckvorlagenherstellerin. Dann kam hinzu, daß ich die ersten Monate ziemlich abgelegen in einem Büro vor mich hinmuckelte. Von Lernen war da kaum die Rede. Im Nachhinein fasse ich diese Zeit als sinnlos vertane Zeit auf. Der Beruf des Druckvorlagenherstellers ist ein mehrjähriger Ausbildungsberuf. So etwas läßt sich auch nicht mit Studium von heute auf morgen lernen. Druckvorlagen sind die fertigen Seiten eines Buches oder Heftes, welches danach in den Druck gehen soll. Diese Seiten werden am Computer hergestellt. Die Arbeit am Computer ist dabei noch das kleinere Problem. Hinzu kommt jede Menge Fachwissen über verschiedene Drucktechniken, den Umgang mit technischen Geräten, den Druckereien usw. Dieses alles erfordert eine regelrechte Ausbildung.

Hinzu kamen noch meine enormen Schwierigkeiten, die Logika des Computerwesens schlechthin zu kapieren. Ich kann nur damit schreiben, speichern und drucken. Alles andere sind für mich böhmische Dörfer. Ich kann das natürlich rein physiologisch erklären. Bei mir ist die für Technik zuständige Hirnhälfte zu wenig ausgebildet. Das heißt, wenn ich wirklich an einem Computer arbeiten müßte, dann wäre dazu ein ganz intensives und langes Training erforderlich, daß diese Hirnhälfte nachwachsen kann.

Aber ich weiß nun auch, daß ich einen Acht-Stunden-Tag durchhalten kann und daß ich die aufgetragenen Arbeiten auch fertigbekomme, daß ich mit den Kollegen zurechtkomme und mich da, wo es nötig ist auch anpassen kann. Ich brauche zwar länger dazu, eine Arbeit fertigzustellen als meine nichtbehinderten Kollegen, aber wenn ich etwas nach der normalen Arbeitszeit nicht fertig hatte, habe ich halt länger gearbeitet. Zeitungsarbeit ist nun mal Terminarbeit. Diese Termine müssen unbedingt eingehalten werden, sonst stürzt die gesamte Organisation zusammen und die Kunden springen ab, weil sie ihre Zeitung nicht mehr pünktlich geliefert bekommen. Ich habe etwas über das Schriftsetzen erfahren, was auch durchaus sinnvoll für meine Zukunft als Autorin sein kann.

Diese bittere Erfahrung hat mir gezeigt, daß es für mich eigentlich nur den Weg einer Arbeitsassistenz gibt. Dieser Arbeitsassistent müßte mir lediglich das Telefonieren, das in jedem Beruf gefordert wird, abnehmen. Dann könnte ich auch in meinem Beruf, den ich liebe, arbeiten. Ich müßte ja auch nicht unbedingt mit den Klienten direkt sprechen. Das Einsatzfeld in der Sozialarbeit ist riesengroß. Trotzdem ist das kein Grund für mich zu verzweifeln. Katastrophen fangen für mich im Krankenhaus an und enden auf dem Friedhof. In den ersten Tagen meiner Arbeitslosigkeit war ich natürlich „ganz schön geplättet", weil ich die Art und Weise, wie ich gegangen wurde, schon sehr diskriminierend empfand. Zum Beispiel wurde mir wenige Tage vorher noch gesagt, ich hätte noch genug Zeit, mich einzuarbeiten und nun sollte ich von heute auf morgen gehen. Da hat doch einer dran gedreht. Jetzt weiß ich, wie sich jemand fühlt, dem die Arbeit gekündigt wurde. Tolle Selbsterfahrung. Ich kann nun verstehen, wie benutzt und ausgebeutet man sich fühlt. Scheißgefühl!

Aber nun habe ich mich wieder einigermaßen im Griff und fasse neue Entschlüsse, wie es weitergehen muß. Vielleicht bekommt mein Freund nun die gleiche Möglichkeit, dort zu arbeiten. Er würde sich vielleicht auch eher dazu eignen, weil er schon auf mannigfaltige Vorkenntnisse zurückgreifen kann, die ich nicht hatte. Das wäre sehr schön für uns. Nun hat er zu Hause versucht, einige Zeichnungen anzufertigen, aber Heino braucht einfach zu lange dazu (pro Zeichnung eine Stunde). Dabei verkrampfen seine Arm- und Nackenmuskeln derartig schmerzhaft, daß er von vornherein diese Arbeit nicht leisten kann.

Neulich hat mir meine Kollegin mein Horoskop gestellt. Nach diesem Horoskop steht meine Sonne im Uranus im sechsten Haus. Dieses sechste Haus ist das Arbeitshaus. In der Interpretation dieser Konstellation steht, daß mein Arbeitshaus von großer Unruhe geprägt ist, daß ich ständig nach neuen Wegen suche. Als ich das gelesen habe, war ich wie vom Donner gerührt. Da stand das, was ich schon immer fühlte und nie zu sagen wagte, weil es viel zu unrealistisch und irgendwie etwas „spinnert" ist. Unrealistisch deshalb, weil ich mir so viel Freiheit gar nicht leisten kann. „Spinnert", weil ich eigentlich nie an die Astrologie glaubte. Aber hier stand es in einem Buch. Wenn ich an früher zurückdenke, war ich nie so standhaft. Ich war immer besessen von der Gier nach Neuem. Meine Mutter meinte, ich sei zu „sprunghaft". Wenn ich nun wirklich an die Astrologie glaubte, dann würde ich daraus folgenden Schluß ziehen: Heidi, hör auf zu kämpfen, dein Weg steht sowieso in den Sternen. Er ist dir bis auf das kleinste Detail berechnet und vorgezeichnet. Es geschieht alles so, wie es passieren soll.

Ein neuer Weg?

Getreu meiner mir gesetzten Maßgabe, Wege, die aus einer Krise herausführen zu sehen und sie dann auch zu gehen, habe ich jetzt einen neuen Weg gefunden, meine Erwerbslosigkeit vielleicht zu bekämpfen. Das Ende dieses Weges heißt unbedingt, Arbeit zu finden. So engagiere ich mich jetzt für das Netzwerk behinderter Frauen in Niedersachsen. Um Mißverständnissen vorzubeugen, möchte ich gleich betonen, daß ich mich nicht nur deshalb für diese Sache engagiere, weil ich dort unbedingt arbeiten will, sondern weil dieses Netzwerk eigentlich schon lange überfällig ist. Nur mit der Finanzierung hapert es. Laut unserem Herrn Sozialminister ist dieser Zusammenschluß behinderter Frauen mit allem, was dazugehört, „sehr löblich", nur „Geld können sie leider nicht bekommen". Wenn ich so etwas höre, sträuben sich bei mir die Nackenhaare. Wenn ich dann aus den Nachrichten erfahre, wer da wen schon wieder um Milliardenbeträge betrogen hat, fasse ich es nicht. Wieviel Geld befindet sich da eigentlich in den falschen Händen? Passen die Herren Aufsichtsräte nicht auf oder lassen die sich auch schmieren? Mich macht es auch stutzig, daß diese Betrügereien immer erst nach langen Jahren aufgedeckt werden, während kleinere Kungeleien beim Arbeits- oder Sozialamt, die oft aus der Not heraus geschehen, weil es wirklich vorn und hinten nicht reicht, immer gleich aufgedeckt und empfindlich bestraft werden.

Unser Netzwerk ist sicher eine gute Sache, nur die geleistete Arbeit hat bitteschön aus purer Nächstenliebe zu geschehen. Das ist eigentlich eine Frechheit, denn wir haben Arbeitsgruppen zu verschiedenen relevanten Themen gegründet, die die Frauen darin bestärken sollen, sich selbst zu helfen, zum Beispiel wieder eine Arbeit zu finden. Dadurch entlasten sie ja langfristig gesehen auch den Sozialhilfeetat in Niedersachsen.

Aber das sind wahrscheinlich Pfennigbeträge im Vergleich zu dem, was da sonst im Umlauf ist. Da fallen zehn Leutchen mehr oder weniger gar nicht mehr auf, bzw. muß für diese paar Behinderten nicht so viel Geld ausgegeben werden. Behinderte kosten schließlich so oder so schon genug Geld und bringen nichts ein. „Behinderte Frauen sollen doch froh sein, wenn sie einen Mann abbekommen und den Kochlöffel schwingen dürfen."

Eine zweite Farce ist zum Beispiel die Tatsache, daß behinderte Hausfrauen nicht einen Pfennig an Unterstützung für eine rollstuhlgerechte Küche oder den Um- oder Ausbau des Badezimmers oder Treppenhauses bekommen, während erwerbstätige behinderte Frauen vom Auto, über den behindertengerechten Haushalt bis zum behindertengerechten Arbeitsplatz oder Kuren aller Art ohne weiteres bekommen. Also alle erdenklichen

Hilfen nur für diejenige, die sich am Bruttosozialprodukt beteiligt. Die Arbeit zu Hause in und für die Familie als Keimzelle dieses Staates wird als nicht relevant genug angesehen. Freilich, wenn es denn gar nicht anders geht, ist vielleicht noch das Sozialamt zuständig. Aber auch nur bis zu einer bestimmten Einkommensgrenze. Falls also der Ehepartner arbeitet, ist es sehr fraglich, ob das „Sozi" zuständig ist. Das ist eine ganz „tolle" Sozialpolitik. Wahnsinn! Mein einziger Trost ist der, daß auch nichtbehinderte Familien, besonders die, die von Arbeitslosigkeit und mehreren Kindern betroffen sind, den sogenannten Bach 'runtergehen.

Zur Zeit habe ich wieder eine Stelle als leitende Sozialpädagogin in Aussicht. Hoffentlich klappt das jetzt endlich mal. Ich soll einen ambulanten Hilfsdienst sozialpädagogisch leiten. Diesen Job traue ich mir auch zu. Trotzdem hat unsere Partnerschaft in den langen Jahren unserer Arbeitslosigkeit, die von insgesamt acht Jahren Arbeit, verteilt auf neunzehn Jahre trauten Beisammenseins, unterbrochen wurden, sehr gelitten. Unsere Behinderungen vertragen sich nicht mehr so gut. Seine Hörbehinderung hat durch den Streß hier zu Hause und auch durch das langsam zunehmende Alter stark zugenommen, und meine Sprachbehinderung hat sich auch nicht gerade gemildert. Dadurch entstanden und entstehen immer wieder dumme Mißverständnisse, die zu Reibereien und Krach führen. Einige Freundinnen fragten mich oft, wie ich das aushalte, ohne mich von ihm zu trennen. Theoretisch könnte ich das, denn wir sind nicht verheiratet. Ich trenne mich aber nicht von ihm, weil ich erstens denke, daß ich auch nicht so einfach zu „handhaben" bin. Zweitens haben wir drei Kinder, denen ich auch nicht den Vater nehmen möchte, und drittens macht es mir immer noch Spaß, mit ihm zusammenzuleben. Wir können immer noch gut zusammen „spinnen". Und viertens habe ich etwas gegen die Wegwerfmentalität in dieser Gesellschaft, und ich glaube, er denkt genauso. Ich habe es oft erlebt, daß sich Paare wegen Unzulänglichkeiten des Partners trennten. Wieviel „Geschirr in der Seele" ist da zerschlagen worden. Ich hörte es oft klirren. Wieviel Kinderherzen sind zerbrochen, weil die geliebten Eltern sich trennten. Ich will damit Trennungen nicht verdammen. Sie sind für die betreffenden Personen sicherlich auch berechtigt, nur wenn gemeinsame Kinder da sind, sollte zuerst nach Wegen gesucht werden, die ein Zusammensein wieder möglich machen. Ich bin auch dafür, daß überflüssige Gegenstände weggeworfen und entsorgt werden. Nur mit Menschen kann man so nicht umgehen. Trotzdem habe ich immer noch Angst vor der Ehe. Das kapiere ich selber auch nicht ganz. Ich traue mich einfach nicht zu heiraten. Wahrscheinlich ist mir das zu normal oder ich selbst bin nicht ganz normal. Wie auch immer. Den Weg, den ich gewählt habe, nämlich unverheiratet wie verheiratet zusammenzuleben, halte ich für eine oder für meine mir mögliche Form, mein Leben zu gestalten. „Nobody is perfect."

Nachwort zu meiner Autobiographie

Meine Schreibweise mag so manchen Leser schocken oder abstoßen, traurig machen oder gemischte Gefühle hervorrufen. Er wird nicht wissen, ob er lachen oder weinen soll. Es ist aber für mich der einzig begehbare Weg, mich mit meiner Behinderung auseinanderzusetzen. Zwar wird immer gesagt, irgendwann werden alle Härten des Lebens verarbeitet. Das mag für einige Schicksalsschläge zutreffen, aber bei einer bleibenden Behinderung kommt es immer auf das jeweilige Alter und die Lebenssituation des Betroffenen an, denn es ist etwas grundsätzlich anderes, ob jemand von Geburt an behindert ist, oder ob die Behinderung erst später ins Leben tritt. Ich fühlte mich damals buchstäblich rausgerissen aus einem Leben, das gerade begonnen hatte, eines zu werden, rausgerissen wie eine Seite aus dem Schreibheft. Diese Seite wurde aber nicht weggeschmissen, sondern weggelegt als Notizzettel, der später noch einmal gebraucht würde. Wie sich später herausstellt, stimmte dieses Gefühl von damals. Wenn sich mein Stil inmitten dieser Story ändert, dann liegt das daran, daß ich mein Leben zu der Zeit besser im Griff hatte und überhaupt keinen Grund mehr zu Sarkasmus und Ironie sah. Es kamen völlig andere Dinge auf mich zu, deshalb wurde ich nicht nur ernster, sondern auch sachlicher.

Plötzlich war alles anders - ein schreckliches Schicksal

Robert Hübner
"Mein Daumenkino"
Trotz totaler Lähmung leben
1995. 132 Seiten. Kartoniert.

Robert Hübner kann sich nach einem Pons-Infarkt vor fünf Jahren nur noch mit dem linken Daumen per Computer verständigen. Auf diese Weise hat er im vorliegenden Buch seine Geschichte und das Leben seiner Familie seit jenem Schicksalsschlag festgehalten. Was erlebt, denkt und fühlt eigentlich ein Mensch, der über Nacht zu einem hilflosen Bündel geworden ist?

Matthias-Grünewald-Verlag · Mainz

„Warum gerade ich?"

Alfons Pausch / Jutta Pausch (Hg.)
Kraft in den Schwachen
Lebens- und Glaubenserfahrungen behinderter kranker Mitmenschen
Topos Taschenbuch 248
1995. 192. Seiten. Kartoniert

Welche Erfahrungen machen Schwerstbehinderte und Langzeitkranke in unserer leistungsorientierten Gesellschaft, wo finden sie ihren Lebenssinn, und wie werden sie mit der Frage nach dem „Warum" fertig?
In diesem Taschenbuch kommen 30 Betroffene zu Wort, die über ihre Lebens- und Glaubenserfahrungen berichten. Ein ungewöhnlich ergreifendes Buch, das gegenseitiges Kennenlernen und Verstehen erleichtern und das tätige Miteinander und Füreinander fördern will.

Matthias-Grünewald-Verlag · Mainz